OSCAR
CLASSICI

Di Arthur Conan Doyle negli Oscar

L'abisso di Maracot
Le avventure di Gérard
Le avventure di Sherlock Holmes
Le cinque rose
Elementare, Watson! Tutti i romanzi e i 10 migliori racconti di Sherlock Holmes
Il mastino dei Baskerville
Le memorie di Sherlock Holmes
Il mondo perduto
Nuove avventure di Gérard
Il Principe Nero
I racconti del terrore e del mistero
Il ritorno di Sherlock Holmes
Il segno dei quattro
Sherlock Holmes. Tutti i romanzi e tutti i racconti
Uno studio in rosso
Il taccuino di Sherlock Holmes
Le tre imprese
L'ultimo saluto di Sherlock Holmes
La valle della paura
Il vampiro del Sussex

Arthur Conan Doyle

IL MASTINO DEI BASKERVILLE

Traduzione di Oreste Del Buono

Titolo originale dell'opera: *The Hound of the Baskervilles*

I edizione Oscar Il Girasole giugno 1957
I edizione Oscar Mondadori dicembre 1968
I edizione Oscar Leggere i classici aprile 1994
I edizione Oscar varia maggio 2001
I edizione Oscar classici moderni febbraio 2005
I edizione Oscar Gialli giugno 2016
I edizione Oscar Classici marzo 2021

ISBN 978-88-04-74119-0

Questo volume è stato stampato
presso ELCOGRAF S.p.A.
Stabilimento - Cles (TN)
Stampato in Italia. Printed in Italy

oscarmondadori.it

Poesia Mondadori

Anno 2021 - Ristampa 35

librimondadori.it

Il mastino dei Baskerville

1
Mr Sherlock Holmes

Il signor Sherlock Holmes, che di solito si alzava molto tardi la mattina, tranne le volte tutt'altro che rare in cui restava sveglio l'intera notte, sedeva a tavola per la prima colazione. Io mi ero chinato sulla stuoia accanto al caminetto e avevo raccolto il bastone da passeggio dimenticato dal nostro ospite della sera precedente. Era un bellissimo esemplare di solido legno, dall'impugnatura a bulbo, del tipo conosciuto come "Penang lawyer". Al di sotto del pomo c'era una striscia d'argento della larghezza di un pollice, su cui si poteva leggere inciso: "A James Mortimer, M.R.C.S., dai suoi amici del C.C.H.". La data era "1884". Era proprio il bastone da passeggio che portano abitualmente i medici di famiglia all'antica: dignitoso, massiccio, ispirava fiducia.

«Be', Watson, cosa ne pensate?»

Sherlock Holmes mi girava le spalle, non riuscivo a capire come avesse potuto accorgersi dei miei movimenti.

«Come diamine avete fatto a indovinare cosa stavo facendo? Scommetto che avete due occhi anche sulla nuca.»

«Ho qui davanti a me una bella caffettiera d'argento lucida lucida» replicò. «Ma ditemi, Watson, cosa ne pensate della mazza da passeggio del nostro visitatore? Dal momento che siamo stati così sfortunati da non incontrarlo e non abbiamo, quindi, la minima idea del motivo della sua visita, questo involontario souvenir viene ad assumere una certa importanza. Vediamo se riuscite a ricostruirmi l'uomo dal bastone.»

«Penso» dissi sforzandomi di seguire per quanto mi era possibile i metodi del mio convivente «che il dottor Mortimer dovrebbe essere un medico in età avanzata, con una buona clientela, e molto stimato dal momento che coloro che lo conoscono gli hanno fatto omaggio di questa testimonianza di ammirazione.»

«Bene!» esclamò Sherlock Holmes. «Bravo!»

«E penso anche che con ogni probabilità deve trattarsi di un medico di campagna, abituato a compiere a piedi il giro di visite.»

«Da che lo arguite?»

«Dalla constatazione che questo bastone, all'inizio senz'altro più che bello, appare ormai talmente usato e strausato che stento a immaginarlo in mano a un professionista di città. Il grosso puntale di ferro è tutto consumato. È quindi evidente che con questo bastone il nostro uomo deve aver fatto un gran camminare.»

«Giustissimo!» approvò Sherlock Holmes.

«E poi c'è questo "dai suoi amici del C.C.H.". A mio modesto parere è in ballo un qualche circolo di caccia. Qualche società venatoria locale i cui soci si saranno forse avvalsi delle sue prestazioni mediche e avranno pensato di disobbligarsi così.»

«Francamente, Watson, vi state superando» disse Sherlock Holmes scostando la sedia e accendendosi una sigaretta. «Devo riconoscere che in tutte le storie, che avete avuto la bontà di scrivere sulle mie trascurabili imprese, avete sempre sottovalutato le vostre capacità personali. Può darsi che non siate quel che si dice una fonte di luce, ma siete indubbiamente un buon conduttore di luce. Alcuni individui, pur senza possedere il genio, hanno tuttavia il meraviglioso potere di stimolarlo negli altri. Confesso, mio caro amico, di dovervi molto.»

Sherlock Holmes non mi aveva mai lodato tanto e devo ammettere che al momento le sue parole mi fecero un gran piacere, poiché spesso ero rimasto ferito dall'indifferenza con cui aveva accolto i miei tributi di ammirazione e i miei ripetuti tentativi di far conoscere al pubblico i suoi straordinari metodi d'indagine. Ero inoltre orgoglioso di avere assimilato quei suoi metodi al punto di meritarmi la sua approvazione. Mi tolse il bastone di mano e lo esaminò un poco a occhio nudo, un'espressione d'interesse gli conquistò la faccia, posò la sigaretta e si trasferì vicino alla finestra con il bastone che tornò a esaminare questa volta con la lente.

«Interessante, anche se elementare» disse dirigendosi verso il suo angolo preferito del divano. «Ci sono un paio di tracce su questa mazza che possono fornire la base per un certo numero di deduzioni.»

«Mi sono lasciato sfuggire qualcosa?» domandai piuttosto infastidito. «Eppure non credo di aver trascurato nulla d'importante.»

«Temo proprio, mio caro Watson, che la maggior parte delle vostre conclusioni siano erronee. Quando ho affermato che voi avete un effetto stimolante su di me, intendevo dire per la verità che, proprio nel constatare i vostri errori, sono stato a volte sospinto sulla strada giusta. Non che voi siate del tutto fuori strada in questo caso particolare. È indubbio che si tratta di un medico di campagna.»

«Dunque, avevo ragione.»

«Sino a questo punto sì.»

«Ma è tutto.»

«No, no, mio caro Watson, non offendetevi, vi prego. Direi, per esempio, che è più probabile che un regalo a un medico venga da un ospedale piuttosto che da un circolo di caccia, e questa H. starebbe quindi per ospedale. Pertanto è naturale che le iniziali C.C.H. significhino Charing Cross Hospital.»

«Può darsi.»

«Le probabilità vanno in questo senso. Se lo prendiamo come un punto di partenza avremo una nuova base su cui ricostruire la personalità del nostro ignoto visitatore.»

«D'accordo, supponiamo pure che le iniziali C.C.H. significhino Charing Cross Hospital. Cos'altro possiamo tirarne fuori?»

«Non lo vedete da voi? Conoscete i miei metodi. Fate il favore di applicarli.»

«Vedo un'unica deduzione possibile: che prima di trasferirsi in campagna il nostro uomo abbia esercitato la professione di medico in città.»

«A parer mio, potremmo arrischiarci anche un poco oltre. Esaminate la cosa sotto quest'aspetto: in quale occasione è più probabile che gli abbiano fatto un regalo del genere? Quando si saranno riuniti i suoi amici per donargli un pegno tangibile della loro considerazione? Naturalmente quando il dottor Mortimer ha deciso di ritirarsi dal servizio ospitaliero per darsi alla libera professione. Sappiamo di sicuro che un regalo c'è stato e supponiamo che ci sia stato anche un trasferimento dalla città alla campagna. Vi pare arrischiato affermare che la cerimonia si è verificata in occasione di tale trasferimento?»

«Mi pare probabilissimo.»

«Converrete che il nostro uomo non poteva essere un primario perché una simile posizione in ospedale è in grado di tenerla solo un medico di successo, con una solida e vasta clientela. Un tale uomo non si rassegnerebbe facilmente a ritirarsi in campagna. Che cosa era, dunque, il nostro uomo? Se lavorava nell'ospedale senza essere il primario, e non partecipando alla direzione, non poteva che essere un assistente in chirurgia o medicina interna... poco più di uno studente anziano. E se ne è andato cinque anni fa, c'è la data sul bastone. Quindi, mio caro Watson, il serio medico di famiglia di età avanzata scompare nel nulla ed emerge, invece, un giovanotto al di sotto della trentina, simpatico, privo di ambizioni, distratto e possessore di un cane prediletto che immaginerei suppergiù un poco più grande di un bassotto e un poco più piccolo di un mastino.»

Scoppiai a ridere, incredulo, mentre Sherlock Holmes si lasciava andare all'indietro sul divano, lanciando verso il soffitto tremuli anelli di fumo.

«Per quanto riguarda le ultime vostre affermazioni, non ho dati sufficienti per controllarne l'attendibilità,» dissi «invece, non mi è difficile accertare qualcosa a proposito dell'età del nostro uomo e della sua carriera.»

Sfilai dal mio scaffaletto l'*Annuario medico* e ne sfogliai le pagine sino alla lettera M. C'erano molti Mortimer, ma uno solo poteva essere il nostro visitatore. Lessi ad alta voce la nota che lo riguardava.

«"Mortimer James, M.R.C.S., 1882, Grimpen Dartmoor, Devon, Medico all'Ospedale di Charing Cross dal 1882 al 1884. Vincitore del premio Jackson per la patologia comparata con il saggio *La malattia è una sopravvivenza?*. Socio corrispondente della Società di patologia svedese. Autore di *Capricci dell'atavismo* (Lancet, 1882), *C'è progresso in noi?* ('Journal of Psychology', marzo 1883). Ispettore medico dei circondari di Grimpen, Thorsley, High Barrow..."»

«Nessun accenno a un circolo di caccia locale, mio caro Watson,» mi fece Sherlock Holmes con un sorrisetto malizioso «ma si tratta pur sempre di un medico di campagna, e, quindi, qualcosa avete indovinato. Quanto alle mie conclusioni, le ritengo giustificate. Se ricordo bene, ho definito il nostro uomo: simpatico, privo di ambizioni, distratto. Ebbene, so per esperienza che a questo mondo solo un tipo simpatico riceve attestati di amicizia, solo un tipo privo di ambizioni abbandona una professione a Londra per ritirarsi in campagna, e infine solo un tipo distratto lascia il proprio bastone anziché il proprio biglietto di visita dopo avere aspettato per un'ora.»

«E il cane?»

«Ha l'abitudine di riportare il bastone al padrone. Poiché si tratta di un bastone di un certo peso, il cane lo deve addentare ben stretto in mezzo, e in questo punto, infatti, i segni dei suoi denti sono visibilissimi. La mascella del cane, com'è dimostrato dallo spazio intercorrente tra questi segni, è, secondo me, troppo larga per appartenere a un bassotto, mentre non è abbastanza larga per appartenere a un mastino. Potrebbe trattarsi... ma sì, per Giove, *si tratta proprio* di uno spaniel dal pelo ricciuto.»

Sherlock Holmes, parlando, si era alzato e aveva preso ad andare in su e giù per la stanza, ma ora si era fermato nel vano della finestra, e aveva pronunciato le ultime parole con un tono di tale convinzione che lo guardai con stupore:

«Ma, mio caro amico, come potete affermare una simile ipotesi con tanta sicurezza?»

«Per la semplicissima ragione» replicò «che vedo il cane in carne e ossa proprio sulla soglia di casa nostra, ed ecco che il suo padrone suona il campanello. Non muovetevi, Watson, vi prego. Dopotutto, è un vostro collega, e la vostra presenza potrebbe essermi di grande aiuto. Questo è il momento drammatico, carico di fato, Watson, in cui udiamo sulle scale un passo che sta per entrare nella nostra vita, e non sappiamo ancora se ci porterà gioia o sciagura. Cosa vuole questo dottor James Mortimer, uomo di scienza, da Sherlock Holmes, lo specialista del delitto? Accomodatevi, avanti, avanti!»

Il nostro visitatore costituì un'autentica sorpresa per me poiché mi aspettavo comunque un tipico medico di campagna. Era, invece, un uomo alto, magro, con un lungo naso a becco proiettato tra gli occhi grigi, vividi e molto vicini protetti da un paio di occhiali cerchiati d'oro. Era vestito in modo professionale, ma piuttosto trasandato: la sua giacca a coda di rondine era unta e bisunta e l'orlo dei pantaloni era sfrangiato. Sebbene fosse ancora giovane, era curvo e camminava con la testa buttata avanti con espressione curiosa e bonaria. Nell'entrare lo sguardo gli cadde sul bastone che Sherlock Holmes teneva in mano e si affrettò a recuperarlo con un'esclamazione di gioia.

«Oh, come sono contento» disse. «Non ricordavo più se lo avessi lasciato qui o all'Agenzia di navigazione. Non vorrei perder questo bastone per tutto l'oro del mondo.»

«Un regalo, a quanto pare» disse Sherlock Holmes.

«Precisamente.»

«Da parte del Charing Cross Hospital?»

«Me l'hanno regalato degli amici che ho lì in occasione del mio matrimonio.»

«Ahi, ahi, le cose si mettono male» disse Sherlock Holmes, scuotendo il capo.

Il dottor Mortimer sbatté le palpebre dietro le lenti con mite stupore.

«Perché dite che le cose si mettono male?»

«Oh, nulla. C'è solo che voi avete buttato all'aria le nostre modeste deduzioni. Ma mi stavate parlando del vostro matrimonio, se non sbaglio...»

«Sissignore. Mi sono sposato, e così ho lasciato l'ospedale e con esso la speranza di formarmi una clientela. Ma era necessario metter su casa.»

«Be', proprio tutto non lo avevamo sbagliato» osservò Sherlock Holmes. «E ora, egregio dottor Mortimer...»

«Signor Mortimer, signor Mortimer... un umilissimo M.R.C.S.»

«Un uomo, però, dalla mente molto precisa.»

«Oh, un semplice dilettante della scienza, signor Holmes. Un raccoglitore di conchiglie lungo le rive del grande oceano dell'ignoto. Credo di rivolgermi proprio al signor Holmes e non...»

«No, questo è il mio amico dottor Watson.»

«Lietissimo di conoscervi. Ho sentito parlare anche di voi. Ma voi mi interessate enormemente, signor Holmes. Non mi sarei davvero aspettato un cranio così dolicocefalo e neppure un orbitale superiore così sviluppato. Mi consentite di far scorrere il mio dito lungo la sutura parietale? Un'impronta del vostro cranio, egregio signore, sino a quando non sarà disponibile l'originale, potrebbe costituire il vanto di qualsiasi museo antropologico. Lungi da me ogni intento adulatorio, ma ve lo confesso: quanto vi invidio il vostro cranio!»

Con un cortese cenno della mano Sherlock Holmes invitò a sedere il nostro eccentrico visitatore.

«Mi accorgo che siete entusiasta della vostra materia come io lo sono della mia» disse. «Noto dal vostro indice che vi fate le sigarette da voi. Accendetevene pure una.»

Il signor Mortimer cavò di tasca cartine e tabacco e si arrotolò con sorprendente destrezza una sigaretta. Aveva dita lunghe, nervose, agili e inquiete come le antenne di un insetto.

Sherlock Holmes taceva, ma nel suo sguardo acuto e penetrante leggevo l'interesse risvegliato in lui da quello strano tipo.

«Immagino» disse alla fine «che non sia stato solo il desiderio di esaminare il mio cranio a spingervi a onorarmi della vostra visita ieri sera e di nuovo oggi. Non è così?»

«No, no, sebbene sia felice che mi sia stata offerta una simile occasione. Sono venuto da voi, signor Holmes, perché riconosco di essere totalmente sprovvisto di qualsiasi senso pratico e mi trovo, invece, di punto in bianco a dover fronteggiare un problema gravissimo e assolutamente insolito. Ora, dato che vi so il secondo grande esperto in materia d'Europa...»

«Davvero? E posso chiedervi chi è il primo?» proruppe Sherlock Holmes, piccato.

«Per chiunque sia dotato di un cervello matematicamente scientifico, l'opera di Monsieur Bertillon non ha rivali.»

«E perché non consultate Monsieur Bertillon, allora?»

«Io ho parlato di cervelli matematicamente scientifici, ma è risaputo che come uomo pratico voi siete insuperabile. Spero, signor mio, di non avervi involontariamente...»

«Be', lasciamo perdere» tagliò corto Sherlock Holmes. «Io penso, dottor Mortimer, che fareste bene a espormi senza ulteriori indugi l'esatta natura del problema per cui chiedete la mia assistenza.»

2
La maledizione dei Baskerville

«Ho in tasca un manoscritto» attaccò il dottor James Mortimer.

«Me ne sono accorto appena avete messo piede in questa stanza» disse Sherlock Holmes.

«È un manoscritto antico.»

«Deve risalire ai primi del XVIII secolo, ammesso che non sia un falso» replicò Sherlock Holmes.

«Come potete affermare una cosa simile?»

«Durante tutto il tempo in cui avete parlato con me, ho potuto notare un paio di centimetri del vostro manoscritto. Ora sarebbe un perito da due soldi chi non riuscisse a precisare la data di un documento al massimo nell'arco di un decennio. Forse ignorate la modesta monografia che ho compilato in proposito. Il vostro manoscritto dovrebbe risalire al 1730 o giù di lì.»

«La data esatta è il 1742» e, dicendo questo, il dottor Mortimer estrasse di tasca l'argomento del discorso.

«Questo documento di famiglia è stato affidato nelle mie mani da Sir Charles Baskerville, la cui morte così tragica e improvvisa circa tre mesi fa ha provocato una profondissima emozione nel Devonshire. Dirò che oltre a essere il suo medico di famiglia ero anche un suo amico intimo. Sir Charles era un uomo di grande volontà, di grande astuzia, di grande praticità, totalmente sprovvisto d'immaginazione, esattamente com'è il caso mio. Eppure aveva preso molto sul serio questo documento e si era preparato nell'animo alla fine che poi lo ha effettivamente colto.»

Sherlock Holmes tese una mano, s'impadronì del manoscritto e se lo spianò tutto sulle ginocchia.

«Osservate, prego, Watson, l'uso alternato delle *S* lunghe e delle *s* brevi: è uno dei vari indizi che mi hanno permesso di azzardare una data.»

Sporgendomi sopra la sua spalla esaminai la carta giallastra e quello scritto sbiadito.

L'intestazione in cima al foglio recitava "Maniero dei Baskerville". La data in cifre arabescate era "1742".

«Parrebbe una relazione, o qualcosa del genere.»

«Infatti, è la trascrizione di un'antica leggenda che si tramanda dalla notte dei tempi nella famiglia Baskerville.»

«Ma se non ho sbagliato a capire, voi intendete consultarmi su qualcosa di più vicino a noi e di più pratico.»

«Molto più vicino a noi. Molto più pratico, direi addirittura pressante poiché la decisione va presa entro ventiquattro ore. Ma il manoscritto è breve, e strettamente connesso con l'affare che ci concerne. Se me lo consentite, ve ne darò lettura io stesso.»

Sherlock Holmes si allungò sullo schienale, congiunse la punta delle dita e chiuse gli occhi, con aria di rassegnazione. Il dottor Mortimer girò il manoscritto verso la luce, e attaccò a leggere con voce acuta, stridente, la strana, antiquata narrazione:

«Sulle origini del mastino dei Baskerville sono state tramandate molte leggende, ma, poiché discendo direttamente da Hugo Baskerville, e questa storia mi è stata raccontata da mio padre il quale, a sua volta, l'aveva appresa da suo padre, la trascrivo qui con la certezza che tutto è avvenuto come qui descritto. E vorrei, figlioli miei, che fosse viva in voi la fede in quella Giustizia che punisce i peccati, ma può anche perdonarli, e non esiste maledizione così grande che non possa venir rimossa dalla preghiera e dal pentimento. Apprendete, dunque, dal racconto che vi faccio a non temere i frutti del passato, ma piuttosto a esser circospetti per il futuro, affinché quelle folli passioni che tanta sofferenza hanno causato alla nostra famiglia non trovino più sfogo nelle nostre azioni.

«Sappiate, dunque, che all'epoca della Grande Ribellione

(e vi raccomando vivamente di farvi dir tutto in proposito dall'esperto Lord Clarendon) la proprietà e il castello dei Baskerville erano di Hugo, uomo sfrenato, empio, ateo, il che, forse, per la verità, gli sarebbe stato perdonato dai vicini, dato che i santi non sono mai abbondati dalle nostre parti, ma la sua indole era talmente crudele e perversa al punto che il suo nome era sinonimo di obbrobrio in tutta la zona. Accadde che Hugo si accendesse d'amore (se così può essere chiamata un'oscura passione) per la figlia di un piccolo proprietario terriero del vicinato. Ma la giovane donna, di natura pudica e virtuosa, non faceva che scansarlo per timore della di lui pessima reputazione. Fu così che il giorno di San Michele di un certo anno, questo Hugo, insieme con cinque o sei sfaccendati e dissipati compagni di bagordi, fece irruzione nella fattoria e portò via la giovane donna, mentre il padre e i fratelli si trovavano assenti da casa, come Hugo ben sapeva. Condottala al Maniero, la giovane donna venne rinserrata in una stanza dei piani superiori, e Hugo e i suoi complici si abbandonarono a una interminabile gozzoviglia com'era loro costume notturno. Ora la sventurata, imprigionata in quella stanza, si sentiva rabbrividire di raccapriccio ai canti e alle urla e alle spaventose bestemmie che arrivavano sino a lei dal pianterreno, e dovete sapere che, quando era in preda al vino, Hugo Baskerville diceva parole che da sole sarebbero bastate ad attirare la maledizione sul capo di chi le pronunciava. E, infine, con la forza del panico, la giovane donna fece quanto neppure il più temerario degli uomini avrebbe osato: afferrandosi all'edera che si arrampicava (e si arrampica anche ora) alla parete a sud, si lasciò scivolare lungo la grondaia e fuggì verso la casa di suo padre, distante tre leghe dal castello, attraverso la brughiera.

«Il destino volle che poco dopo Hugo lasciasse i suoi ospiti per portare un poco da bere e da mangiare... e forse qualcosa di peggio... alla sua prigioniera, e scoprisse così che la gabbia era vuota e che l'uccellino era volato via. Si imbestialì, fu come se il diavolo si fosse impadronito di lui, si precipitò giù nel salotto e saltò sulla grande tavolata, facendo cadere tutt'intorno boccali e vivande. Strepitò a tutta la brigata che quella notte avrebbe reso anima e corpo al diavolo purché gli fosse stato concesso di ghermire di nuovo la sgualdrinella. E, mentre i gozzoviglianti arretravano, spaventati da tanto furore, uno più malvagio, o forse più ebbro degli altri, gridò forte di sguinzagliarle dietro i mastini. Al che Hugo si buttò fuori dall'edificio, gridando a sua volta ai palafrenieri di sellargli la giumenta e di liberare la muta, e, facendo annusare alle bestie una sciarpa caduta alla giovane donna, le aizzò sull'usta, e, via, se ne partì con strepiti per la brughiera sotto la luna.

«Ora i gozzoviglianti se ne stettero per un poco immobili, attoniti, non rendendosi ben conto di quanto si era svolto tanto precipitosamente. Ma, quando cominciarono a capir qualcosa, subito ci fu un tumulto indescrivibile, chi reclamava a gran voce un'arma, chi il cavallo, chi ancora una fiasca di vino. Alla fine, comunque, si fece un minimo di lucidità in quelle teste ottenebrate, e i pazzi, in numero di tredici, saltaron sui cavalli e dettero inizio all'inseguimento attraverso la brughiera. La luna splendeva radiosa, cavalcarono verso la casa della fuggiasca, non poteva esser corsa che in quella direzione.

«Dopo un paio di miglia, s'imbatterono in uno dei pastori che facevan la guardia di notte nella brughiera e gli domandarono se avesse visto gli altri. Si racconta che quello era talmente inebetito dal terrore che a stento riusciva ad aprir bocca. Alla fine balbettò che aveva visto la sventurata fuggire, braccata dalla muta inferocita. "Ma ho visto dell'altro" aggiunse l'uomo. "Hugo Baskerville mi è passato accanto sulla sua giumenta nera, ma, dietro, aveva un cane d'inferno che Dio mi scampi e liberi dall'averlo mai alle calcagna." I signorotti avvinazzati mandarono al diavolo pure lui e ripresero la corsa, bestemmiando, ma ben presto si sentirono gelare il sangue, poiché giunse alle loro orecchie uno scalpitio di zoccoli equini attraverso la brughiera e la nera giumenta di Hugo, madida di schiuma bianca, passò loro accanto a briglia sciolta e sella vuota. Allora i tredici si avvicinarono l'uno all'altro per cavalcare avanti, sebbene ognuno di loro, da solo, sarebbe tornato volentieri indietro. Così, in gruppo riluttante, raggiunsero la muta. I cani, per quanto rinomati per la temerarietà e la loro fierezza, se ne stavano, miseramente uggiolando, tutti insieme sull'orlo di un profondo avvallamento, di quelli che nella brughiera si dicon *goyal*, alcuni tendendo a indietreggiare, altri, fermi, come affascinati, a guardar dabbasso.

«I cavalieri pure si eran fermati, e, come potete immaginare, ora erano meno alticci di quando eran partiti alla rincorsa. La maggior parte si rifiutò di procedere oltre, ma tre di loro, più spavaldi o forse ancora troppo ubriachi, spinsero i cavalli giù per la scarpata, sino in fondo. Qui la brughiera si apriva in uno slargo sassoso dove giganteggiavano due di quelle immense pietre, tuttora visibili, che furon poste nella notte dei tempi da genti ormai dimenticate. La luna splendeva radiosa sulla radura, al centro giaceva la sventurata, morta di terrore e sfinimento. Ma non fu la vista del suo cadavere e neppure quella del cadavere di Hugo Baskerville steso accanto a lei a far rizzare i capelli ai tre temerari, fu la presenza orripilante di una immane, mostruosa bestia nera ritta sulle zampe a sovrastar Hugo e a cercar di azzannargli la gola: aveva l'aspetto di un mastino, ma era infinitamente più grande e grosso di qualsiasi cane mai visto da occhio umano. Quando sollevò su di loro gli occhi infernali, continuando a grondar sangue dalla bocca, i tre strillarono sconvolti e fuggirono come pazzi attraverso la brughiera. Quella stessa notte, uno dei tre morì di crepacuore e gli altri due, anche se camparono, non furon mai più come prima.

«Questa è la storia, figlioli miei, della venuta del veltro che si dice da allora tormenti la nostra famiglia. L'ho scritta perché quel che si conosce spaventa sempre meno di quel che si fantastica. Non si può davvero negare che si sian verificati nella nostra famiglia molti casi di morti violente e misteriose. Conviene, quindi, affidarci alla Divina Provvidenza, che non punirà certo mai l'innocente oltre la terza o quarta generazione, com'è stabilito nelle Sacre Scritture. Alla Provvidenza vi affido, cari figlioli, e, comunque, per eccesso di precauzione vi consiglio di astenervi dall'attraversare la brughiera nelle ore buie durante le quali maggiormente si scatenano le Potenze del Male.

«Il sottoscritto Hugo Baskerville ai suoi figli Rodger e John con la raccomandazione che nulla di questo venga comunicato alla sorella Elisabeth.»

Quando ebbe finito di leggere questo sconcertante racconto il dottor Mortimer si rialzò gli occhiali sulla fronte, e tirò su gli occhi a cercare Sherlock Holmes. Il mio convivente accennò a uno sbadiglio, mentre faceva cadere nel camino la cenere della sigaretta.

«Ebbene?» domandò.

«La trovate una storia interessante?»

«Per un amatore di fiabe, forse.»

Il dottor Mortimer trasse di nuovo qualcosa dalla tasca. Questa volta si trattava di un foglio di giornale ripiegato.

«E ora, signor Holmes, vi offrirò una lettura più recente. È la "Devon County Chronicle" del 14 maggio di quest'anno. Un breve resoconto che riguarda la morte di Sir Charles Baskerville avvenuta appena qualche giorno prima di questa data.»

Il mio amico si protese un poco, la sua espressione si era fatta più intenta. L'ospite si riaggiustò gli occhiali sul naso e riattaccò a leggere:

«La recente, repentina scomparsa di Sir Charles Baskerville, candidato nella lista liberale per il Mid-Devon alle prossime elezioni, ha suscitato nella contea una dolorosa impressione. Sebbene Sir Charles risiedesse al Maniero dei Baskerville relativamente da poco tempo, la cordialità del suo carattere e la sua straordinaria generosità s'eran conquistate l'affetto e la stima di tutti quelli che l'avevano conosciuto. In quest'epoca di *nouveaux riches* è confortante imbattersi nell'erede di un'antica famiglia nobiliare caduta in disgrazia che riesce a rifarsi una fortuna e se ne serve per ripristinare la passata grandezza della stirpe. Com'è noto, Sir Charles si era rifatto una fortuna con delle speculazioni in Sud Africa, ma più saggio di tanti che si ostinano a perseguire l'arricchimento sinché la sorte stessa gli si rivolta contro, era tornato in Inghilterra. Si era stabilito al Maniero dei Baskerville solo da due anni e tutti parlavano favorevolmente della grandiosità dei suoi progetti di ricostruzione e di miglioramento, purtroppo ora interrotti dalla morte. Non avendo figli, più volte aveva manifestato il desiderio che, durante la sua vita, la contrada potesse già trarre profitto dai suoi averi, e saranno certo in molti ad aver motivo di piangerne la così repentina scomparsa. Si ricorderà che spesso il nostro giornale ha dato notizia delle sue generose donazioni a enti locali.

«Le circostanze connesse alla morte di Sir Charles non sono state ancora del tutto chiarite dall'inchiesta in corso, ma almeno si è fatto qualcosa per soffocare le voci che eran state prontamente suffragate dalla superstizione popolare. Non vi è alcuna ragione di sospettare loschi intrighi né, tanto meno, di ipotizzare cause men che naturali dietro questa morte. Sir Charles era vedovo e in talune occasioni era stato definito un eccentrico. Nonostante l'entità della sua fortuna, era di gusti estremamente semplici e la servitù del castello ammontava in tutto a una coppia, i Barrymore, tra cui il marito fungeva da maggiordomo e la moglie da cameriera. La loro testimonianza, corroborata da quella di alcuni amici, tende a dimostrare che la salute di Sir Charles era da qualche tempo peggiorata: pare che soffrisse di mal di cuore, il che gli provocava improvvisi pallori, mancanza di respiro e crisi depressive. Il dottor Mortimer, suo medico curante e amico, ha deposto nello stesso senso.

«I fatti inerenti alla vicenda sono semplici. Charles Baskerville aveva l'abitudine di fare una passeggiata ogni sera lungo il famoso Viale dei Tassi della tenuta dei Baskerville. Tale consuetudine è confermata dai coniugi Barrymore. Il 4 maggio Sir Charles aveva reso nota la sua intenzione di partire il giorno dopo per Londra e aveva pregato il maggiordomo di approntare i bagagli. Quella sera è uscito come il solito per la passeggiata che concludeva la giornata, durante la quale era sua costumanza fumare un sigaro. Non doveva far più ritorno. A mezzanotte, Barrymore, scoperta la porta d'ingresso ancora aperta, si allarmò, e, presa una lampada, uscì in cerca del padrone. Quel giorno era piovuto ed erano nettamente visibili le impronte di Sir Charles lungo il sentiero. A metà strada c'è un cancelletto che dà sulla brughiera. Era evidente che Sir Charles aveva sostato in quel punto. Poi aveva proseguito sino in fondo al sentiero, e là è stato rinvenuto il cadavere. Resta, tuttavia, irrisolto un particolare della testimonianza di Barrymore e, cioè, che le impronte del padrone dal cancelletto in poi gli erano apparse cambiate come se si fosse messo a camminare in punta di piedi. A quanto pare, a quell'ora si trovava nella brughiera a poca distanza un tal Murphy, uno zingaro trafficante in cavalli, ma per sua stessa confessione aveva senz'altro bevuto qualche bicchiere di vino in più del consentito. Costui sostiene di aver sentito delle grida, ma non è in grado di precisare da che parte provenissero. Il corpo di Sir Charles non recava alcun segno di violenza, e, sebbene il dottor Mortimer gli abbia riscontrato un'incredibile distorsione facciale – tanto che in un primo tempo si era rifiutato di riconoscere nel cadavere la spoglia del suo amico e paziente –, è stato più tardi spiegato che questo è un sintomo che si verifica frequentemente in crisi di respirazione o di morte per insufficienza cardiaca. L'ipotesi è stata avvalorata dall'autopsia che ha rivelato un disturbo organico di origini remote, e, quindi, il coroner ha rilasciato un certificato di morte naturale in concordanza con le opinioni di periti settori. Questo è, ovviamente, un bene perché è importante che l'erede di Sir Charles si insedi al più presto nella tenuta dei Baskerville per continuare la degna opera così bruscamente interrotta da cause di forza maggiore. Se la prosaica dichiarazione del magistrato non avesse tagliato corto con le chiacchiere romanzesche bisbigliate in relazione alla vicenda, sarebbe stato probabilmente difficile veder di nuovo un inquilino nel Maniero dei Baskerville. È risaputo che l'erede più prossimo dovrebbe essere, ammesso che sia tuttora vivo, Henry Baskerville, figlio del fratello minore di Sir Charles. L'ultima volta che il giovane uomo ha dato notizia di sé si trovava in America e proprio oltreoceano si stanno effettuando ricerche allo scopo di informarlo dell'eredità toccatagli.»

Il dottor Mortimer piegò nuovamente il giornale e se lo rimise in tasca.

«Questi, signor Holmes, sono i fatti di pubblico dominio in relazione alla morte di Sir Charles Baskerville.»

«Vi ringrazio» disse Sherlock Holmes «per aver richiamato la mia attenzione su un caso che offre senza alcun dubbio vari aspetti interessanti. Ne avevo già letto qualcosa sui giornali, ma al momento mi trovavo infognatissimo nella questione dei cammei vaticani e nella mia ansia di far cosa grata al Sommo Pontefice ho perso il contatto con molti casi accaduti qui in Inghilterra. Quest'articolo secondo voi contiene tutti i fatti di pubblico dominio, vero?»

«Direi proprio di sì.»

«Parlatemi allora di quelli di dominio privato.» Sherlock Holmes tornò ad allungarsi sullo schienale, ricongiungendo la punta delle dita e assumendo il suo aspetto più impassibilmente professionale. «Parlatemi dei retroscena.»

«Vi dirò qualcosa che non ho ancora confidato a nessuno» disse il dottor Mortimer, che stava dando segni di viva emozione. «Il motivo che mi ha indotto a tacere durante l'inchiesta del coroner è che un uomo di scienza deve rifuggire dal porsi nella situazione di avallare in pubblico una superstizione popolare. Ma sono stato incoraggiato al silenzio anche da un'altra considerazione. Il giornale ha ragione: il Maniero dei Baskerville sarebbe certo restato senza inquilini se avessi fatto un tanto o un poco in grado di accrescere la sua lugubre fama, già abbastanza consistente. Per queste due ragioni mi sono ritenuto giustificato a dir meno di quanto effettivamente sapevo: e, d'altronde, da una mia più ampia deposizione non poteva risultare nulla di utile. Ma con voi voglio essere sincero.

«La brughiera è scarsamente popolata, e, quando capita di abitar vicini, ci si fa buona compagnia. Le occasioni di incontrarsi non mancano, vedevo di frequente Sir Charles Baskerville. A eccezione del signor Frankland del Maniero di Lafter e del signor Stapleton il naturalista, non esistono nel raggio di molte miglia altre persone di una qualche cultura. Sir Charles conduceva vita ritirata, ma la sua malattia ci avvicinò, e molti interessi scientifici ci legarono. Dal Sud Africa aveva portato in patria un mucchio di nozioni di interesse scientifico. Così passammo delle piacevoli serate a discutere di anatomia comparata dei Boscimani e degli Ottentotti.

«In questi ultimi mesi, però, avevo notato che il sistema

nervoso di Sir Charles era ormai arrivato al punto di rottura. Si era talmente immedesimato nella leggenda che vi ho appena letto che, per quanto avesse l'abitudine di passeggiare nelle sue terre, mai e poi mai nulla al mondo lo avrebbe indotto a uscire nella brughiera di notte. Sebbene vi possa apparire incredibile, signor Holmes, era fermamente convinto che una terribile maledizione pesasse davvero sulla sua famiglia e la fine dei suoi predecessori non era certo incoraggiante. Sir Charles era ossessionato dall'idea di esser preso di mira da una presenza malefica, e più d'una volta mi aveva domandato se mi fosse mai capitato, quando di notte mi toccava andare a visitare un paziente, di intravedere uno strano animale o di percepire il latrato di un cane. Quest'ultima domanda continuava a ripropormela, e con un tono di voce in cui vibrava una crescente nota di paura.

«Ricordo perfettamente una sera che ero andato a trovarlo, circa tre settimane prima della tragedia. Sir Charles era per caso sulla porta d'ingresso. Ero sceso dal mio calesse ed ero davanti a lui quando mi sono accorto che i suoi occhi fissavano un punto al di sopra della mia spalla, qualcosa dietro di me. La sua espressione era di un intensissimo terrore. Mi sono girato di colpo e ho avuto giusto il tempo di scorgere come in un lampo qualcosa, mi è parso simile a un grosso vitello nero, passare all'estremità del viale. Sir Charles era talmente sconvolto che ho dovuto correre sino al punto dove avevo intravisto passar quell'animale e guardarmi intorno. Non ve n'era più traccia, ma l'incidente è parso avere un effetto disastroso sul cervello del mio amico. Sono restato tutta la sera con lui, ed è stato proprio in questa occasione che, per spiegarmi il suo affanno, ha affidato alla mia custodia il manoscritto che vi ho letto. Cito questo piccolo episodio perché assume una sua importanza in vista della tragedia che ne è seguita, anche se in quel momento, al contrario, ero convinto che fosse una sciocchezza e ritenevo del tutto ingiustificato il comportamento del mio amico.

«Dietro mio consiglio, Sir Charles si stava preparando a partire per Londra. Sapevo che era malato di cuore e lo stato ansioso in cui viveva costantemente, sia pure senza fondato motivo, aveva un'influenza deleteria sulla sua salute. Ero sicuro che qualche mese di svago in città avrebbe fatto di lui un altro uomo. Anche il signor Stapleton, nostro comune amico e come me preoccupato delle condizioni di Sir Charles, era della stessa idea. Invece, all'ultimo momento, è successa la tragedia.

«La notte della morte di Sir Charles, il maggiordomo che ha fatto la scoperta mi ha mandato a cavallo Perkins, il mozzo di stalla, e, poiché ero ancora in piedi, sono stato in grado di raggiungere il Maniero dei Baskerville appena un'ora dopo la disgrazia. Sono stato io a controllare e a confrontare tutti i dati che poi son stati presentati all'inchiesta. Ho seguito le orme sino al Viale dei Tassi, ho verificato il punto vicino al cancelletto che dà sulla brughiera dove pareva che Sir Charles si fosse fermato ad aspettare, ho riscontrato la diversità della forma delle orme dopo quel punto, ho notato che non vi erano altre orme sulla ghiaia più sottile a eccezione di quelle di Barrymore, e, infine, ho esaminato minuziosamente il corpo che nessuno aveva toccato prima del mio arrivo. Sir Charles giaceva sulla faccia, le braccia spalancate, le dita affondate nel terreno, i lineamenti contratti da una così violenta emozione da risultar quasi irriconoscibile persino per me. Il corpo certo non presentava lesioni di alcun genere. Ma quanto ha deposto Barrymore all'inchiesta non è del tutto corrispondente al vero. Ha detto che non c'era nessuna impronta sul terreno nelle vicinanze del cadavere. Lui non le avrà viste, ma io le ho viste. Un poco più in là, ce n'erano. E fresche. E nitide.»

«Impronte di piedi?»

«Impronte di piedi.»

«Di uomo o di donna?»

Il dottor Mortimer ci fissò per qualche istante con uno sguardo strano, e la sua voce si affievolì quasi a diventare un soffio, mentre rispondeva:

«Signor Holmes, erano di un mastino gigantesco!»

3
Il problema

Confesso che a queste parole mi sentii percorrere da un brivido. La nota di emozione nella voce del dottore faceva comprendere come fosse lui stesso profondamente turbato da quanto ci aveva appena riferito. Sherlock Holmes, interessatissimo, si sporse ulteriormente avanti, e i suoi occhi avevano l'espressione dura e tagliente che assumevano sempre quando qualcosa lo avvinceva in modo particolare.

«Le avete viste davvero?»

«Sicuro quanto sono sicuro di vedere voi in questo momento davanti a me.»

«E non avete detto nulla?»

«A che pro parlare?»

«Come mai nessun altro ha notato quelle impronte?»

«Le orme erano a circa venti metri di distanza dal cadavere, e nessuno vi ha prestato attenzione. Credo che neppur io ci avrei fatto caso se non fossi stato al corrente della leggenda.»

«Ci son molti cani da pastore nella brughiera?»

«Certo, ma in questo caso non si tratta di un cane da pastore.»

«Dite che doveva essere una bestia molto grossa?»

«Enorme.»

«Però non si è avvicinata al corpo?»

«No.»

«Com'era la notte?»

«Umida e brutta.»

«Ma non pioveva in quel momento?»
«No.»
«E il viale com'è?»
«Procede tra due filari di vecchi tassi, alti circa sei metri e impenetrabili. Il passaggio al centro è largo due metri e mezzo circa.»
«Vi è qualcosa tra le siepi e il passaggio?»
«Sì, c'è una striscia di verde su ogni lato, larga due metri circa.»
«Mi pare di aver capito che la siepe di tassi è praticabile in un punto dove c'è un cancelletto. È così?»
«Sì, si tratta del cancelletto che dà sulla brughiera.»
«Esiste qualche altro varco?»
«No, nessuno.»
«Dunque, per raggiungere il Viale dei Tassi, si può arrivare o dalla casa o entrando dal cancelletto che dà sulla brughiera.»
«C'è anche un'altra uscita attraverso un padiglione, all'estremità del viale.»
«Sir Charles era arrivato sin lì?»
«No, giaceva a circa cinquanta metri dal padiglione.»
«Ora, ditemi, dottor Mortimer, è importante: le impronte che avete visto erano sul sentiero ma non sull'erba?»
«L'erba non rivelava traccia.»
«Erano sul lato del sentiero su cui si apre il cancelletto?»
«Sì, le ho riscontrate sul bordo del sentiero, precisamente sul lato in cui si apre il cancelletto che dà sulla brughiera.»
«Queste vostre dichiarazioni sono per me di estremo interesse. Ancora una cosa. Il cancelletto era chiuso?»
«Sì, era chiuso e la serratura era rinforzata da un lucchetto.»
«Quanto è alto il cancelletto?»
«Un metro e mezzo circa.»
«Chiunque avrebbe potuto scavalcarlo, dunque?»
«Sì.»
«E quali impronte avete rilevato presso il cancelletto?»
«Nessuna degna di nota.»
«Santo cielo! Nessuno si è preoccupato d'indagare?»
«Sì, io stesso.»
«E non avete trovato nulla?»

«Era tutto così confuso! Probabilmente Sir Charles ha sostato in quel punto cinque, dieci minuti.»
«Come fate a dirlo?»
«Perché ho notato che la cenere del sigaro era caduta due volte.»
«Ottimamente! Questo, Watson, è un nostro collega secondo i nostri gusti. Ma, e le impronte?»
«Aveva lasciato le proprie impronte tutt'attorno a quel piccolo tratto di ghiaia. Non ne ho visto altre.»
Sherlock Holmes si batté il ginocchio con un gesto di disappunto.»
«Oh, se fossi stato lì!» esclamò. «Si tratta evidentemente di un caso straordinariamente interessante, di quelli che offrono all'esperto scientifico immense possibilità. Quel tratto di ghiaia, su cui sarei stato capace di leggere con la massima chiarezza, ormai è stato alterato dalla pioggia e reso irriconoscibile dagli zoccoli di contadini curiosi. Oh, dottor Mortimer, dottor Mortimer, e pensare che non mi avete chiamato! Dovrete rispondere di questo.»
«Non potevo chiamarvi, signor Holmes, senza rendere questi fatti di pubblico dominio, e già vi ho esposto i motivi che mi hanno indotto a tacere. Inoltre, inoltre...»
«Perché esitate?»
«Esiste un campo in cui il più acuto e il più sperimentato dei poliziotti si rivela impotente.»
«Intendereste alludere a elementi soprannaturali?»
«Non ho inteso esattamente questo.»
«No, ma evidentemente lo avete pensato.»
«Da quando è avvenuta la tragedia, signor Holmes, mi sono arrivati all'orecchio alcuni particolari che difficilmente si conciliano con l'ordine naturale delle cose.»
«Per esempio?»
«Ecco: sono venuto a sapere che prima che avvenisse la tragedia molte persone avevano visto aggirarsi nella brughiera un essere che dalle descrizioni corrisponderebbe alla bestia demoniaca dei Baskerville, e che non assomiglia ad alcun animale conosciuto dalla scienza. Tutti concordano nell'affermare che si tratta di una creatura mostruosa, lumi-

nescente, fantastica, spettrale. Ho interrogato e controinterrogato questa gente: un contadino, un maniscalco, un agricoltore di brughiera, e tutt'e tre mi hanno ripetuto la medesima storia, mi hanno descritto una apparizione spaventosa tale e quale al mastino infernale della leggenda. Vi assicuro che nella zona regna il terrore, che nessuno si arrischierebbe ad attraversare la brughiera di notte.»

«E voi, un dotto uomo di scienza, ritenete di trovarvi di fronte a fatti soprannaturali?»

«Io non so cosa credere.»

Sherlock Holmes si strinse nelle spalle. «Sino a oggi mi son limitato a condurre le mie indagini su questa terra» disse. «Con i miei umili mezzi ho combattuto il male, ma attaccare il Padre del Male in persona potrebbe essere forse da parte mia una pretesa troppo ambiziosa. Però voi dovete ammettere che le impronte sono inequivocabilmente una cosa materiale.»

«Il mastino della leggenda è stato tanto reale da dilaniare la gola di un uomo, eppure era anche diabolico.»

«Mi accorgo che vi siete schierato con quelli che credono nel soprannaturale: ma ora, ditemi un poco, dottor Mortimer: se nutrite simili opinioni, perché siete venuto a consultare proprio me? Mi dichiarate che è inutile svolgere indagini sulla morte di Sir Charles e al tempo stesso desiderate che me ne occupi.»

«Non ho detto che desidero che ve ne occupiate.»

«Come posso aiutarvi allora?»

«Vorrei un consiglio su come comportarmi nei confronti di Sir Henry Baskerville, il quale arriverà alla stazione di Waterloo...» il dottor Mortimer consultò l'orologio «esattamente tra un'ora e un quarto.»

«Sarebbe l'erede?»

«Sì. Alla morte di Sir Charles noi abbiamo effettuato ricerche su questo giovanotto, e siamo venuti a sapere che dirigeva un'azienda agricola in Canada. Dalle informazioni assunte sappiamo che è un ottimo giovane sotto tutti i punti di vista. In questo momento non sto parlando come medico, ma come esecutore testamentario di Sir Charles.»

«Non vi è alcun altro pretendente, immagino?»

«No. L'unico altro parente che siamo stati in grado di rintracciare era Rodger Baskerville, il più giovane dei tre fratelli di cui Sir Charles era il maggiore. Il secondo, che morì giovane, è il padre di Henry. Il terzo, Rodger, era la pecora nera della famiglia. Discendeva veramente dall'antica razza autoritaria dei Baskerville, e mi dicono fosse l'esatta riproduzione del ritratto di famiglia del vecchio Hugo. A un certo punto l'Inghilterra prese a scottargli troppo sotto i piedi e fuggì nell'America centrale dove morì nel 1876 di febbre gialla. Henry è l'ultimo dei Baskerville. Tra un'ora e cinque minuti lo incontrerò alla stazione di Waterloo. Ho avuto un telegramma in cui mi si informa che è giunto stamane a Southampton. Dunque, signor Holmes, come mi consigliate di comportarmi con lui?»

«Non vedo perché non dovrebbe recarsi nella casa dei suoi padri!»

«Parrebbe naturale, vero? E tuttavia pensate che ogni Baskerville che si reca laggiù incontra un destino maligno. Sono fermamente convinto che, se avesse potuto parlare con me prima di morire, Sir Charles mi avrebbe messo in guardia dal portare in quel luogo di morte quest'ultimo discendente dell'antica stirpe, ed erede di una così grande ricchezza. E tuttavia non è possibile negare che il benessere di questa povera e squallida contrada dipende esclusivamente dalla sua presenza. Tutto il proficuo lavoro compiuto da Sir Charles andrebbe in fumo se il Maniero restasse senza proprietario. Temo di lasciarmi trascinare troppo dal mio stesso interesse nella faccenda e per questo vi ho sottoposto il caso per avere un consiglio in merito.

Sherlock Holmes rifletté in silenzio. «In parole povere, la questione si pone come segue» rispose infine. «Secondo voi esiste un fattore diabolico che fa di Dartmoor una dimora pericolosa per un Baskerville... Non è così?»

«Mi azzardo, comunque, a dire che esiste qualche prova che questo sia possibile.»

«Appunto. Se però la vostra teoria del soprannaturale fosse esatta, questo fattore diabolico potrebbe recar danno al giovane tanto a Londra quanto nel Devonshire. Un diavolo con poteri esclusivamente locali, proprio come un povero funzionario di provincia, mi parrebbe francamente troppo ridicolo, inconcepibile.»

«Signor Holmes, prendereste la storia più seriamente se veniste a trovarvi in contatto diretto con queste cose. Dunque, secondo voi, il giovanotto sarebbe altrettanto al sicuro nel Devonshire quanto a Londra. Arriverà tra cinquanta minuti. Che cosa mi suggerite?»

«Vi suggerisco di far venire una vettura, di chiamare il vostro grazioso cane che in questo momento sta grattando alla porta di casa mia, e di recarvi senza ulteriori indugi a Waterloo per incontrare Sir Henry Baskerville.»

«E poi?»

«E poi non direte nulla sinché io non avrò deciso qualcosa.»

«Quanto ci metterete a decidervi?»

«Ventiquattr'ore. Vi sarò molto obbligato, dottor Mortimer, se alle dieci di domani verrete a trovarmi qui, e sarà cosa molto utile per le mie decisioni future se condurrete con voi anche Sir Henry Baskerville.»

«Va benissimo, signor Holmes.»

Prese frettolosamente un appunto su un polsino della camicia e si allontanò rapidamente con quel suo strano modo di guardare da distratto. Holmes lo fermò sulla cima delle scale.

«Ancora una domanda, dottor Mortimer. Affermate che prima della morte di Sir Charles Baskerville sono stati in molti a vedere quell'apparizione nella brughiera?»

«Almeno tre persone di sicuro.»

«E in seguito?»

«Non ne ho più sentito parlare.»

«Grazie, buongiorno.»

Sherlock Holmes ritornò a sedersi nel suo angolo preferito, con uno sguardo colmo di soddisfazione interiore che faceva comprendere come già si vedesse profilare davanti un'impresa che sarebbe stata sicuramente di suo gusto.

«Uscite, Watson?»

«A meno che non possa esservi di aiuto...»

«No, caro amico, è nell'ora dell'azione ch'io mi rivolgo a voi. Ma questo caso è magnifico, e addirittura unico sotto alcuni punti di vista. Quando passate da Bradley, volete dirgli di mandarmi una libbra di tabacco del tipo più forte? Grazie. Sarebbe inoltre molto opportuno se faceste in modo di non rincasare prima di sera. Per allora sarò lietissimo di confrontare con voi le impressioni relative all'interessantissimo problema che ci è stato sottoposto stamani.»

Capivo che il mio amico aveva bisogno di isolamento e di solitudine per quelle ore di intensa concentrazione mentale durante le quali avrebbe vagliato ogni particolare concreto, avrebbe costruito teorie antitetiche, ponendole una di fronte all'altra, e alla fine avrebbe deciso nel proprio cervello quali dovevano essere i punti essenziali e quali quelli trascurabili. Pertanto trascorsi la giornata al circolo, e non rincasai a Baker Street che a sera. Erano quasi le nove quando mi ritrovai di nuovo nel nostro salottino.

La mia prima impressione nell'aprire la porta fu che fosse scoppiato un incendio, poiché la stanza era talmente impregnata di fumo che la luce della lampada posata sul tavolo ne era offuscata. Nell'entrare, però, le mie ansie si placarono, poiché mi resi conto che a prendermi alla gola e a farmi tossire era stata solo l'acre esalazione del tabacco fortissimo, ordinario. Nella foschia ebbi una vaga visione di Sherlock Holmes in veste da camera, raggomitolato in una poltrona, con la pipa di terracotta nera tra le labbra. Vari rotoli di carta lo circondavano.

«Raffreddato, Watson?»

«Ma no. È quest'atmosfera puzzolente.»

«Già, ora che me lo dite mi accorgo che è piuttosto densa.»

«Densa? Ma è irrespirabile!»

«E aprite la finestra, allora! Vedo che siete stato al circolo tutto il giorno.»

«Ma Holmes!»

«Sono nel giusto?»

«Certo, ma come mai?...»

Rise della mia espressione attonita.»

«C'è in voi, Watson, un'ingenuità così deliziosamente fresca che esercitare a vostre spese le mie modeste facoltà mi procura un vero piacere. Un gentiluomo se ne va a spasso in una giornata piovosa e fangosa. Se ne ritorna a sera lindo e pulito, con il cappello e le scarpe assolutamente immacolate. Quindi non può che essersene restato immobile come una cariatide per l'intera giornata. Non è un uomo dotato di molte amicizie. Dove può essere stato, dunque? La cosa non vi pare ovvia?»

«Effettivamente sì.»

«Il mondo è pieno di cose ovvie che nessuno si cura mai di osservare. Dove credete che sia stato io?»

«Fermo e immobile anche voi come un gatto di marmo.»

«Per nulla. Sono stato nel Devonshire.»

«In spirito?»

«Esatto. Il mio corpo è restato in questa poltrona e ha consumato in mia assenza, mi spiace di doverlo ammettere, due enormi caffettiere e un'incredibile quantità di tabacco. Dopo che ve ne siete andato, io ho mandato a chiedere da Stamford la carta militare di quel tratto di brughiera, e il mio spirito si è librato su di essa per l'intera giornata. Mi lusingo di poter dire che ho trovato il mio filo conduttore.»

«Si tratta di una carta su grande scala, immagino?»

«Grandissima.» Ne srotolò una sezione e la spiegò sul ginocchio. «Ecco qui la zona particolare che ci interessa. Questo al centro è il Maniero dei Baskerville.»

«Con tutto questo bosco intorno?»

«Esatto. Immagino che il Viale dei Tassi, per quanto non contrassegnato sotto questo nome, debba stendersi lungo questa linea, avendo la brughiera, come potete notare, alla sua destra. Questo gruppetto di case è il villaggio di Grimpen, dove il nostro amico dottor Mortimer ha il suo quartier generale. Come vedete, nel raggio di cinque miglia vi sono appena poche abitazioni sparse. Questo è il Maniero di Lafter, citato nel racconto, qui abbiamo una casa che potrebbe essere la residenza del naturalista... Stapleton, se ne ricordo bene il nome. Qui ci sono due case coloniche, High Tor e Foulmire. Poi, quattordici miglia più lontano, sorge il grande penitenziario di Princetown. Tra questi punti disseminati e tutt'attorno si stende la brughiera squallida, morta. Ci troviamo dunque qui sulla scena in cui è avvenuta la tragedia, e dove forse noi potremo contribuire a recitarla una seconda volta.»

«Deve essere un luogo terribile.»

«Certo, l'ambiente e l'atmosfera non sono comuni. Se il diavolo ha veramente desiderato di ficcare la sua zampa nelle vicende degli uomini...»

«Così anche voi propendete per una spiegazione soprannaturale!»

«Gli emissari del demonio possono essere benissimo di carne e ossa, non vi pare? Ma due problemi ci attendono subito sin dall'inizio. Il primo consiste nel chiarire se un delitto è stato effettivamente commesso; il secondo sta in questo interrogativo: quale delitto e come fu commesso? Naturalmente, se il presupposto del dottor Mortimer fosse esatto, e noi ci trovassimo a lottare con forze estranee alle comuni leggi della natura, la nostra indagine sarebbe bell'e finita. Ma noi dobbiamo esaurire tutte le altre ipotesi prima di ricadere su questa. Meglio che chiudiate quella finestra, se non vi dispiace. È strano, ma io trovo che un'atmosfera concentrata aiuta a concentrare il pensiero. Non mi sono spinto sino al punto di rinchiudermi in una scatola a pensare, ma è la logica conclusione dei miei convincimenti. Avete riflettuto per vostro conto questo nostro nuovo caso?»

«Sì, ci ho pensato molto nel corso della giornata.»

«E che cosa ne avete dedotto?»

«Secondo me è strabiliante.»

«Certo è singolare. Presenta alcuni tratti straordinari. Quel mutamento di direzione nelle impronte, per esempio. Cosa ne dite?»

«Mortimer dice che Sir Charles, in quel tratto di viale, ha camminato in punta di piedi.»

«Non ha fatto che ripetere quello che qualche imbecille ha detto durante lo svolgimento dell'inchiesta. Perché avrebbe dovuto camminare lungo il viale in punta di piedi?»

«Già, perché?»

«Perché *correva*, Watson... correva disperatamente, correva per mettersi in salvo, e ha corso finché il cuore non gli è scoppiato, e non è caduto morto con la faccia per terra.»

«Ma a cosa tentava di sottrarsi?»

«Questo è il problema. Ma abbiamo indizi che il poveraccio dovesse essere folle di paura ancor prima di essersi messo a correre.»

«Come potete affermarlo?»

«Secondo me l'origine dei suoi timori veniva dalla brughiera. Se questo è vero, e la cosa mi pare molto probabile, solo un uomo che abbia smarrito le proprie facoltà intellettuali può fuggire *lontano* dalla propria casa anziché correre verso di essa. Se possiamo tener per buona la testimonianza dello zingaro, Sir Charles dovette correre lanciando invocazioni di aiuto proprio nella direzione in cui era meno probabile che potesse trovarne. E poi un altro interrogativo: chi stava aspettando Sir Charles, quella sera, e perché aspettava questa persona nel Viale dei Tassi, invece che in casa propria?»

«Ritenete che stesse aspettando qualcuno?»

«Sir Charles era un uomo anziano e malandato. È comprensibile che facesse una passeggiatina serale, ma quella sera il terreno era umido e il tempo inclemente. Vi pare naturale che abbia sostato in piedi per cinque o forse anche per dieci minuti, come il dottor Mortimer, con maggiore buonsenso di quanto io lo ritenessi capace, ha dedotto dalla cenere del sigaro?»

«Ma Sir Charles usciva ogni sera.»

«Mi pare improbabile che sostasse ogni sera presso il cancelletto della brughiera, anzi, tutte le testimonianze tendono a dimostrare che lo evitava. Quella sera, invece, si è fermato proprio lì. Era la sera prima della sua partenza per Londra. Il mistero prende forma, Watson, si fa coerente. Posso pregarvi di porgermi il mio violino? E ora rimanderemo ogni ulteriore discussione su questo argomento sinché non avremo avuto il piacere, domattina, di parlare col dottor Mortimer e con Sir Henry Baskerville.»

4
Sir Henry Baskerville

La tavola della nostra prima colazione era già stata sparecchiata da tempo, e Holmes in veste da camera era in attesa del colloquio che ci era stato promesso. I nostri clienti furono puntuali all'appuntamento. Infatti, la pendola aveva appena terminato di scoccare le dieci quando il dottor Mortimer comparve accompagnato dal giovane baronetto.

Costui era di bassa statura, sui trent'anni, dall'aspetto agile, gli occhi neri, il fisico robusto, con nere e folte sopracciglia e una maschia grinta combattiva. Indossava un completo chiaro di tweed, e dalla faccia cotta dal sole si capiva che aveva passato la maggior parte della propria esistenza all'aria libera, eppure qualcosa nello sguardo fermo dei suoi occhi e nella calma sicurezza del suo comportamento indicava il signore nato.

«Vi presento Sir Henry Baskerville» disse il dottor Mortimer.

«Proprio io» aggiunse il giovane uomo «e il bello è, signor Holmes, che, se il mio amico qui presente non mi avesse proposto di venire da voi stamani, ci sarei comunque venuto io. So che vi piace risolvere gli indovinelli, e a me se ne è presentato uno poco fa che richiede più applicazione di mente di quanta io ne disponga.»

«Sedetevi, vi prego, Sir Henry. Dunque, da quel che mi è parso di capire, voi, appena arrivato da Londra, avete già avuto qualche esperienza degna di nota?»

«Oh, nulla di molto importante, signor Holmes. Forse si

tratta solo di uno scherzo. È questa lettera, se così volete chiamarla, che mi è stata recapitata di prima mattina.»

Così dicendo posò sul tavolo una busta, e ci chinammo tutti a osservarla. La busta era di qualità ordinaria, di colore grigiastro. Sopra vi era scritto rozzamente in stampatello:

SIR HENRY BASKERVILLE. NORTHUMBERLAND HOTEL.

Recava il timbro postale di Charing Cross e portava la data della sera precedente.

«Chi sapeva che sareste sceso al Northumberland Hotel?» domandò Holmes fissando sul nostro ospite lo sguardo scrutatore.

«Nessuno. Ho scelto quell'albergo solo dopo l'incontro col dottor Mortimer.»

«Ma certo il dottor Mortimer vi era già sceso per proprio conto.»

«No, mi sono fermato presso un amico» interloquì il dottore. «Nessuno poteva sapere che noi saremmo scesi a quell'albergo.»

«Uhm! Pare davvero che qualcuno si stia interessando moltissimo a ogni vostra mossa.» Sherlock Holmes estrasse dalla busta un mezzo foglio di carta protocollo piegato in quattro. L'aprì e lo spiegò sul tavolo. Al centro era stata scritta un'unica frase composta da lettere ritagliate e incollate. Diceva: "Se ci tenete alla vita e alla ragione dovete tenervi lontano dalla brughiera". La parola "brughiera" era la sola scritta a inchiostro.

«E ora» disse Sir Henry Baskerville «forse saprete dirmelo voi, signor Holmes, cosa significhi questa storia, e chi diavolo si interessi tanto ai miei affari.»

«Cosa ne pensate, dottor Mortimer? Mi concederete che almeno in questo non vi è nulla di soprannaturale!»

«Nossignore, ma potrebbe provenire da qualcuno convinto che si tratta di una faccenda soprannaturale.»

«Quale faccenda?» interruppe bruscamente Sir Henry. «Mi pare che voi ne sappiate, su quel che mi riguarda, molto più di me.»

«Sarete messo al corrente di tutto quel che sappiamo prima di lasciare questa stanza, Sir Henry: ve lo prometto» replicò Sherlock Holmes. «Per il momento ci limiteremo, col vostro permesso, allo studio di questo documento davvero interessante, che deve essere stato messo insieme e spedito non più tardi di ieri sera. Avete il "Times" di ieri, Watson?»

«Eccolo qui.»

«Posso chiedervi di guardare... l'articolo di fondo?» Vi lanciò una rapida occhiata, facendo scorrere lo sguardo lungo le varie colonne. «Meraviglioso questo articolo sul libero scambio. Permettetemi di farvene un riassunto. "Voi potrete forse avere ragione di supporre che il vostro commercio specifico o la vostra particolare industria siano incoraggiati da una tariffa protettiva, ma è evidente che un simile sistema di leggi finirà alla lunga per tener lontano dal paese la ricchezza, diminuire il valore delle nostre importazioni e abbassare il tenore generale di vita di quest'isola." Cosa ne dite, Watson?» esclamò Holmes giubilante, fregandosi le mani tutto soddisfatto. «Non vi pare che questo sia un modo di esprimersi perlomeno ammirevole?»

Il dottor Mortimer guardò Holmes con occhi pieni di interesse professionale, e Sir Henry Baskerville mi puntò addosso due nere pupille cariche di sbalordito stupore.

«Io non me ne intendo gran che di tariffe e di roba del genere» disse «ma mi pare che, per quel che riguarda questo articolo, ci siamo allontanati di parecchio dal nostro caso.»

«Al contrario, io invece ho proprio l'impressione che siamo sulla pista giusta, Sir Henry. Il mio amico Watson conosce meglio di voi i miei metodi, e tuttavia temo che neppure lui sia riuscito ad afferrare il significato di questo articolo.»

«Infatti, Holmes, confesso che non vedo alcun rapporto...»

«Eppure, mio caro Watson, è così evidente che questa frase è stata tolta da quest'articolo! "Vita, ragione, tener lontano" eccetera... Non capite da dove tutte queste parole sono state tolte?»

«Tuoni e fulmini, ma è vero! Perbacco! Questo sì che si chiama aver la testa» esclamò Sir Henry.

«Se ci fosse ancora qualche dubbio viene rimosso dal fatto che l'ultima frase è ritagliata tutta in un pezzo solo.»

«Già... è proprio così.»

«Francamente, signor Holmes, questo supera quello che io potevo aver immaginato» disse il dottor Mortimer, fissando stupefatto il mio amico. «Tutti avrebbero potuto capire che queste parole erano state ritagliate da un giornale, ma che voi avreste capito da quale giornale, specificando che si trattava dell'articolo di fondo, è veramente una delle esperienze più notevoli alle quali io abbia mai assistito. Come avete fatto?»

«Suppongo, caro dottore, che voi sareste in grado di distinguere il cranio di un negro da quello di un esquimese.»

«Si capisce.»

«Ma in che modo?»

«Perché questa è la mia specialità. Le differenze sono evidenti: la curva sopraorbitale, l'angolo facciale, la linea della mascella, la...»

«Ma anche nel caso mio questa è la mia specialità, e le differenze sono altrettanto evidenti. Vi è la stessa diversità, ai miei occhi, tra un articolo del "Times" con i suoi caratteri elegantemente borghesi e la stampa trascurata di un giornale della sera da mezzo soldo, di quella che corre per voi tra il vostro negro e il vostro esquimese. L'individuazione dei caratteri di stampa deve costituire una delle più elementari branche del sapere, per lo specialista in criminologia, per quanto devo confessare che una volta, quand'ero molto giovane, ho confuso il "Leeds Mercury" col "Western Morning News". Ma un articolo di fondo del "Times" è assolutamente inconfondibile, e queste parole non potevano che venire da lì. Poiché la lettera è stata spedita ieri, avevo novantanove probabilità su cento di trovarne le parole nell'edizione di ieri.»

«Se ho ben capito il vostro ragionamento, signor Holmes,» disse Sir Henry Baskerville «qualcuno ha ritagliato questo messaggio con le forbici...»

«Sì, con forbicine da unghie» precisò Sherlock Holmes. «Vedete, sono state usate forbici dalla lama molto corta, perché chi ha ritagliato le parole ha fatto due intaccature nella frase "Si tenga lontano".»

«Eh, già. Qualcuno, dunque, ha ritagliato il messaggio con un paio di forbicine e lo ha appiccicato con la colla...»

«Colla liquida» precisò Sherlock Holmes.

«Con la colla liquida su questo foglio. Ma mi piacerebbe sapere perché hanno dovuto scrivere a mano la parola *brughiera*.»

«Perché chi ha ritagliato il messaggio non l'ha trovata nel "Times"! Le altre parole erano tutte semplici, ed era facile ritrovarle in qualsiasi giornale, mentre *brughiera* è un vocabolo meno comune.»

«Perbacco, è evidente, questo spiega tutto. Avete visto qualcos'altro in questo messaggio, signor Holmes?»

«C'è un altro paio di indicazioni, per quanto il mittente si sia dato molto da fare per cancellare ogni traccia. Osservate, per esempio, che l'indirizzo è scritto in modo vistosamente elementare. Tuttavia il "Times" è un giornale che vien letto solo da persone di un certo livello. Possiamo dedurne pertanto che la lettera è stata compilata da una persona colta che voleva dare a intendere di non esserlo, e i suoi sforzi di dissimulare la propria scrittura fanno pensare che appunto la sua scrittura potesse esser nota, o comunque riconoscibile. Osservate inoltre che le parole non sono regolarmente allineate, ma che alcune sono più alte delle altre. *Vita*, per esempio, è completamente fuori di squadra. Il che può far pensare a trascuratezza, oppure anche ad agitazione e fretta da parte di chi incollava. Nel complesso, propendo per la seconda ipotesi, dal momento che la cosa era indubbiamente di grande importanza, ed è improbabile che il compilatore di un simile avvertimento sia un individuo trascurato. Se aveva fretta, invece, come credo, ecco che si pone l'interessante quesito del perché ne avesse tanta, dal momento che una qualsiasi lettera imbucata di prima mattina sarebbe comunque arrivata a Sir Henry prima che lasciasse il suo albergo. Forse il compilatore temeva di essere interrotto... ma da chi?»

«Ora ci stiamo addentrando nel campo dell'immaginazione» disse il dottor Mortimer.

«Dite piuttosto nel campo in cui si valutano le probabilità e si scelgono quelle più attendibili. Noi ci serviamo dell'immaginazione come mezzo scientifico, ma possediamo pure alcune basi concrete su cui iniziare le nostre argomentazioni. Voi potrete forse chiamarla immaginazione, ma io sono quasi sicuro che questo indirizzo è stato vergato in un albergo.»

«Come diamine fate ad affermarlo?»

«Se avrete la compiacenza di esaminare attentamente lo scritto, vi accorgerete che tanto la penna quanto l'inchiostro hanno procurato più di un guaio allo scrivente. La penna si è impuntata due volte nel corso di una sola parola, e il pennino si è asciugato tre volte nello spazio di un breve indirizzo, il che dimostra che nel calamaio ci doveva essere pochissimo inchiostro. Ora è difficile che una penna o il calamaio di un privato si riducano in queste condizioni, e la simultaneità delle due cose è a ogni modo piuttosto rara. Ma tutti noi conosciamo cosa succede con i calamai e le penne degli alberghi, quando non si dispone della propria penna. Sì, io non esito ad affermare che, se potessimo esaminare i cestini della carta straccia degli alberghi intorno a Charing Cross, sino a rinvenire i resti mutilati dell'articolo di fondo del "Times", riusciremmo poi a porre direttamente le mani sulla persona che ha spedito questo singolare messaggio. Ehi! Ehi! Cos'è questo?»

Studiò attentamente il foglio protocollo su cui le parole erano incollate, avvicinandolo agli occhi.

«Dunque?»

«Nulla» fece Holmes buttando il foglio in un canto. «È un semplice pezzo di carta bianca, senza neppure la filigrana. Credo che abbiamo dedotto tutto il deducibile da questa strana lettera, e ora, Sir Henry, ditemi: vi è successo qualcosa di interessante da quando siete a Londra?»

«Ma... no, signor Holmes, non credo.»

«Non avete notato se qualcuno vi abbia pedinato o sorvegliato?»

«Ho l'impressione di essere caduto a capofitto in un romanzo d'appendice» rispose il nostro ospite. «Perché diamine dovrei essere stato pedinato o sorvegliato?»

«Ve lo spiegherò tra poco. Non avete altro da riferirci prima che io faccia il punto della situazione?»

«Mah! Dipende da quello che intendete per notizie interessanti.»

«Ritengo che qualsiasi cosa fuori dell'andamento normale della vita quotidiana sia degna di interesse.»

Sir Henry sorrise. «Non sono ancora molto addentro alla vita inglese, poiché ho trascorso quasi tutta la mia vita negli Stati Uniti e nel Canada. Ma spero che perdere una delle proprie scarpe non faccia parte dell'andamento quotidiano della vita britannica.»

«Avete perso una delle vostre scarpe?»

«Mio caro amico,» protestò a questo punto il dottor Mortimer «si tratta di un semplice smarrimento. Sono certo che la ritroverete non appena rientrerete all'albergo. A cosa serve disturbare il signor Holmes con inezie di questo genere?»

«Perbacco! Lui mi ha chiesto di dirgli tutto quel che è fuori dell'andamento normale dell'esistenza quotidiana.»

«Proprio così,» disse Sherlock Holmes «per quanto comune e sciocco possa parere un incidente qualsiasi, m'interessa. Dunque, dite di aver perso una scarpa?»

«Be', persa o smarrita, fate come volete. Io so che ieri sera le ho messe fuori dalla porta tutt'e due, e che stamani ce n'era una sola. Non sono riuscito a cavare una parola dal tizio che le pulisce. E il peggio è che si tratta di un paio che avevo appena acquistato ieri sera nello Strand, e che non avevo ancora calzato.»

«Se non le avevate ancora portate, perché le avete messe fuori da pulire?»

«Perché sono scarpe di cuoio grasso, che non erano mai state lucidate. Ecco perché le avevo messe fuori dalla porta.»

«Allora, da quel che mi dite, ieri, appena arrivato a Londra, per prima cosa siete andato a comprarvi un paio di scarpe?»

«Ho fatto molte compere. Il dottor Mortimer mi ha accompagnato. Vedete, se devo fare il signorotto di campagna, laggiù, bisogna che mi vesta in carattere con la mia parte, e temo di essermi lasciato un poco troppo andare in fatto di abbigliamento durante la mia permanenza nell'Ovest americano. Tra le altre cose ho comprato queste scarpe marrone, che ho pagato sei dollari, e me ne hanno rubata una ancor prima che potessi avere il piacere di infilarmele ai piedi.»

«Mi pare una cosa stranamente inutile da rubare» osservò

Sherlock Holmes. «Confesso che condivido l'opinione del dottor Mortimer, e che tra non molto tempo ritroverete la vostra scarpa smarrita.»

«E ora, signori,» disse il baronetto in tono deciso «mi pare di aver parlato abbastanza di quel poco che so. E mi pare, invece, il momento che voi manteniate la vostra promessa, e m'informiate minutamente su quanto mi riguarda.»

«La vostra è una richiesta più che ragionevole» replicò Sherlock Holmes. «Dottor Mortimer, credo che la cosa migliore sia che raccontiate a Sir Henry la vostra storia esattamente come l'avete raccontata a noi.»

Così spronato, il nostro amico scienziato tirò fuori di tasca i suoi scartafacci, ed espose tutta la vicenda come aveva fatto con noi la mattina precedente. Sir Henry Baskerville stette ad ascoltare con la più profonda attenzione, lanciando di tanto in tanto un'esclamazione di sorpresa.

«Perbacco! A quanto pare, oltre che una tenuta, ho ereditato una maledizione» osservò, quando il lungo racconto ebbe termine. «Naturalmente, avevo inteso parlare del famoso mastino sin da quando ero a balia. È la storia preferita della nostra famiglia, sebbene io non l'abbia mai presa molto sul serio. In quanto alla morte di mio zio... diamine, sento che mi ribolle il cervello, e non riesco ancora a connettere bene le idee. E, a quanto pare, neppure voi avete ancora ben capito se in questo caso sia meglio rivolgersi a un poliziotto o a un prete.»

«Proprio così.»

«E ora c'è questa faccenda della lettera che mi hanno spedita all'albergo. Immagino quadri perfettamente con la faccenda.»

«Secondo me, indica che esiste qualcuno molto più al corrente di noi dei fatti della brughiera» interloquì il dottor Mortimer.

«E secondo me» aggiunse Sherlock Holmes «indica che esiste anche qualcuno non mal disposto nei vostri confronti, dal momento che vi mette in guardia contro un pericolo.»

«Però può anche darsi che voglia tenermi lontano spaventandomi per chissà quali suoi scopi.»

«Naturalmente, anche questo è possibile. Io vi sono veramente grato, dottor Mortimer, per avermi sottoposto un problema che presenta alternative interessanti. Ma il punto importante sul quale noi dobbiamo ora decidere è il seguente: Sir Henry, conviene o non conviene che vi rechiate al Maniero dei Baskerville?»

«E perché non dovrei andarci?»

«A quanto pare, laggiù vi aspetta un grave pericolo.»

«Secondo voi il pericolo proverrebbe da questo demone di famiglia oppure da esseri umani?»

«È proprio quello che dobbiamo scoprire.»

«Comunque sia, la mia risposta è questa: non c'è diavolo all'inferno, signor Holmes, né uomo sulla terra che potrà impedirmi di prender dimora nella casa dei miei padri, e voi potete considerare questa come la mia risposta definitiva.» Le sue scure sopracciglia si corrugarono e la sua faccia avvampò di un cupo rossore, mentre pronunciava queste parole. Era evidente che il fiero temperamento dei Baskerville non si era estinto. «Frattanto» aggiunse «non ho quasi avuto il tempo per pensare a tutto quello che mi avete detto. È molto difficile per un uomo dover capire e decidere in una volta sola. Mi piacerebbe avere un'ora di calma, solo con i miei pensieri, per riflettere. Sentite, signor Holmes, ora sono le undici e mezzo, e io ritorno dritto filato al mio albergo. Non sarebbe una bella cosa se voi e il vostro amico dottor Watson veniste a pranzo con noi due? Per quell'ora sarò in grado di esprimervi, con maggiore chiarezza di quanto non possa fare ora, il mio punto di vista su questa mia situazione.»

«Vi va la proposta, Watson?»

«Certo.»

«Allora aspettateci pure. Devo farvi chiamare una carrozza?»

«Preferirei andare a piedi, perché questa faccenda mi ha piuttosto emozionato.»

«Vi accompagno volentieri nella vostra passeggiata» disse il suo compagno.

«Allora alle due. Arrivederci.»

Udimmo i passi dei nostri ospiti scendere le scale e lo sbattere della porta d'ingresso. In un baleno Sherlock Holmes si tramutò da languido sognatore in energico uomo d'azione: «Mettetevi il cappello e le scarpe, Watson, presto! Non c'è un istante da perdere!». Scomparve in vestaglia nella sua camera da letto per riemergerne dopo pochi istanti vestito da capo a piedi. Ci precipitammo insieme giù per le scale e uscimmo in strada. Il dottor Mortimer e Baskerville erano ancora visibili a circa duecento metri da noi, diretti verso Oxford Street.

«Volete che corra a fermarli?»

«Per nulla al mondo, mio caro Watson. La vostra compagnia mi è più che sufficiente, ammesso che vi accontentiate di tollerare la mia. I nostri amici sono saggi, perché è davvero una mattinata bellissima per passeggiare.»

Affrettò il passo finché non avemmo accorciata di metà circa la distanza che ci separava da loro. Poi, sempre mantenendoci a una distanza di cento metri, li seguimmo per Oxford Street e nuovamente giù per Regent Street. Una volta i nostri amici si fermarono ad ammirare una vetrina di negozio, e Sherlock Holmes fece altrettanto. Ma un attimo dopo lanciava un gridolino di soddisfazione e, seguendo la direzione del suo acutissimo sguardo, vidi una carrozza pubblica, con un passeggero all'interno, che si era fermata sull'altro lato della strada e ora aveva ripreso ad avanzare lentamente.

«Ecco il nostro uomo, Watson! Andiamo! Gli daremo un'occhiata, se non riusciremo a far di meglio.»

Feci in tempo a intravedere una folta barba nera e due occhi penetranti che ci fissavano attraverso il finestrino laterale della carrozza. Immediatamente il passeggero urlò qualcosa al cocchiere, e la carrozza prese a correre a rotta di collo giù per Regent Street. Holmes si guardò intorno in cerca di un'altra carrozza, ma non ve n'era neppure una libera in vista. Allora si lanciò in un inseguimento selvaggio attraverso l'ingorgo del traffico, ma il suo svantaggio era troppo grande, e dovette rinunciare.

«Maledizione!» borbottò amaramente Holmes, spuntando ansimante e pallido fuor della ressa dei veicoli. «È mai possibile combinare tanta sfortuna con così poca abilità? Watson,

Watson, se siete un uomo sincero e onesto, dovrete annoverare anche questo episodio tra i miei insuccessi!»

«Chi era?»

«Non ne ho la più pallida idea.»

«Una spia?»

«Per quanto abbiamo saputo dal giovane Baskerville, lo hanno pedinato dal momento in cui è sceso in città. Come avrebbero altrimenti potuto sapere che aveva scelto il Northumberland Hotel? Se era stato seguito il primo giorno, ero sicuro che lo avrebbero seguito anche il secondo. Avrete forse osservato che io mi sono avvicinato due volte alla finestra, mentre Mortimer leggeva la sua favola.»

«Sì, ricordo.»

«Cercavo di scoprire se ci fosse qualcuno che indugiava nella strada, ma non ho visto nessuno. Ci troviamo di fronte a un uomo molto intelligente, Watson. Questo è un caso preoccupante, e, sebbene io non abbia ancora del tutto deciso se sia un'entità benigna o maligna quella che si trova a contatto con noi, ho tuttavia la netta sensazione, sempre, di una forza e di un piano ben congegnato. Non appena i nostri amici se ne sono andati, mi son messo subito a seguirli nella speranza d'incontrarmi col loro invisibile pedinatore. Ma costui è stato così astuto da non fidarsi di andare a piedi, si è avvalso invece di una carrozza di piazza, per poterli seguire piano piano oppure precederli di gran carriera sfuggendo così alla loro attenzione. Lo stratagemma gli offriva il doppio vantaggio che, se avessero preso anch'essi una carrozza, lui era già pronto all'inseguimento. Il trucco tuttavia offre uno svantaggio evidente.»

«Lo pone nelle mani del fiaccheraio.»

«Appunto.»

«Che peccato che non abbiamo preso il numero.»

«Mio caro Watson, per quanto abbia appena dimostrato di essere un imprevidente, non potete pensare che abbia trascurato di prenderne il numero! È il 2704. Questo però per il momento non ci serve.»

«Non vedo come avreste potuto far di più.»

«Appena notata la carrozza avrei dovuto immediatamente

far dietrofront e camminare in direzione opposta. Poi con comodo avrei potuto noleggiare una seconda carrozza e seguire la prima a debita distanza, o meglio ancora, avrei potuto farmi condurre sino a Northumberland Hotel e aspettare lì. Il nostro ignoto avrebbe scortato il giovane Baskerville sino a destinazione, e noi avremmo avuto allora la possibilità di giocare contro di lui il suo stesso gioco, e di vedere dove andava. Invece, per uno stupido eccesso d'impazienza, di cui si è avvantaggiato con incredibile prontezza ed energia il nostro avversario, noi ci siamo traditi e abbiamo perduto il nostro uomo.»

Durante questa conversazione avevamo proseguito lentamente lungo Regent Street, e ormai il dottor Mortimer e il suo compagno erano spariti.

«È inutile che continuiamo a seguirli» dichiarò Holmes. «Il fantasma si è volatilizzato e non ritornerà. Dobbiamo ora vedere quali carte ci restano in mano, e dobbiamo giocarle con decisione. Sapreste riconoscere la faccia dell'uomo che abbiamo veduto nella carrozza?»

«Saprei riconoscere soltanto la barba.»

«Di questo sarei capace anch'io... dal che bisogna arguire che con tutta probabilità si tratta di una barba finta. Un uomo intelligente, in un'impresa così delicata, si serve di una barba unicamente per nascondere i propri lineamenti. Entrate qui con me, Watson!»

S'infilò in un'agenzia di recapito corrispondenza, dove venne calorosamente accolto dal direttore.

«Ah, Wilson, vedo che non avete dimenticato la modesta occasione in cui ebbi la fortuna di potervi aiutare!»

«Certo, signor Holmes, che non me la sono dimenticata! Mi avete salvato la reputazione e forse anche la vita.»

«Non esagerate ora, vi prego. Mi pare di ricordare, Wilson, che una volta avevate tra i vostri fattorini un ragazzo di nome Cartwright, che dimostrò una certa abilità durante quell'indagine.»

«Certo, signor Holmes, è sempre con noi.»

«Potreste mandarlo a chiamare? Grazie. E vi sarei anche grato se mi poteste far cambiare questa banconota da cinque sterline.»

Un ragazzo di circa quattordici anni, dalla faccia vivace e intelligente, accorse allo squillo del campanello del direttore. Si fermò, fissando con profondo rispetto il celebre poliziotto.

«Vorrei avere la *Guida degli alberghi*» disse Sherlock Holmes. «Grazie! E adesso, Cartwright, stammi bene a sentire: qui nelle immediate vicinanze di Charing Cross ci sono i nomi di ventitré alberghi: vedi?»

«Sissignore.»

«Tu li visiterai tutti uno per uno.»

«Sissignore.»

«Incomincerai, ogni volta che entri, con il dare al portiere uno scellino. Eccoti ventitré scellini.»

«Sissignore.»

«Chiederai ogni volta che ti facciano vedere la carta straccia del giorno innanzi, dirai che si è smarrito un telegramma importante e che ti hanno ordinato di rintracciarlo. Mi capisci?»

«Sissignore.»

«Quello, però, che devi cercare in realtà, è la pagina del "Times" da cui sono state ritagliate alcune frasi con un paio di forbicine. Eccoti una copia del "Times" di ieri. Questa è la pagina. La sapresti riconoscere facilmente, vero?»

«Sissignore.»

«In ogni caso il portiere ti rimanderà a un cameriere e anche a quest'ultimo darai uno scellino. Eccoti altri ventitré scellini. Certamente in venti casi su ventitré ti diranno che la carta straccia del giorno innanzi è stata buttata o bruciata. Negli altri tre casi ti mostreranno un mucchio di carta e tu vi dovrai scovare in mezzo questa pagina del "Times". Hai dunque il novantasette per cento di probabilità di non trovarla. Eccoti altri dieci scellini per ogni evenienza. Fammi avere un resoconto telegrafico a Baker Street prima di sera. E adesso, Watson, non ci resta che stabilire, per mezzo del telegrafo, l'identità del vetturino numero 2704, dopo di che faremo una capatina in una delle tante gallerie d'arte di Bond Street, dove passeremo il tempo sino a quando non sarà giunto il momento di andarcene all'appuntamento che abbiamo all'albergo.»

5
Tre fili spezzati

Sherlock Holmes possedeva in sommo grado la capacità di estraniarsi mentalmente, appena lo riteneva opportuno, dalle cose che lo circondavano. Lo strano affare in cui eravamo coinvolti parve per due ore non esister più per lui. Sherlock Holmes si dedicò completamente alla contemplazione della pittura fiamminga. Non fece altro che parlare d'arte, mostrando di avere idee piuttosto audaci, in proposito, da quando entrammo nella galleria a quando arrivammo al Northumberland Hotel.

«Sir Henry Baskerville vi aspetta di sopra» disse il portiere. «Mi ha raccomandato di farvi salire subito.»

«Vi dispiace se do un'occhiatina al vostro registro?» domandò Sherlock Holmes.

«Per nulla.»

Dal registro dell'albergo risultava che dopo il nome di Baskerville erano stati apposti altri due nomi. Uno di questi era Theophilus Johnson e famiglia, di Newcastle; l'altro signora Oldmore e cameriera di High Lodge, Alton.

«Certo, questo deve essere proprio quel Theophilus Johnson che io conoscevo una volta» disse Sherlock Holmes al portiere. «Un avvocato, non è vero, grigio di capelli, che cammina zoppicando leggermente?»

«Nossignore, questo è il signor Johnson proprietario di miniere di carbone. È un signore molto in gamba, non certo più vecchio di voi.»

«È sicuro di non sbagliare circa la sua professione?»

«Sissignore, frequenta il nostro albergo da molti anni, e lo conosciamo benissimo.»

«Allora questo risolve i miei dubbi. Anche la signora Oldmore, però. Mi pare di ricordare il suo nome. Vi prego di scusare ancora la mia curiosità, ma spesso ricordando un amico se ne trova un altro.»

«È una signora inferma, signore. Suo marito è stato per un certo tempo sindaco di Gloucester. Scende sempre da noi quando viene in città.»

«Vi ringrazio, non credo di poter reclamare l'onore di conoscerla. Con queste domande abbiamo fissato un dato molto importante, Watson» proseguì poi a voce bassa, mentre salivamo insieme le scale. «Sappiamo ormai che le persone che si interessano al nostro amico non sono scese a questo albergo. Il che significa che mentre sono, come abbiamo visto, ansiose di sorvegliarlo, sono altrettanto ansiose di non essere riconosciute. E questo è un dato di estrema importanza.»

«Perché mai?»

«Perché... Salve, caro amico. Ma che diavolo succede?»

Arrivati in cima alle scale ci eravamo imbattuti in Sir Henry Baskerville in persona. Aveva la faccia rossa di collera, e teneva in una mano una scarpa vecchia e polverosa. Era talmente arrabbiato che stentava ad articolar parola, e, quando finalmente riuscì ad aprir bocca, si espresse in un linguaggio molto più fiorito e molto più americano di quello usato con noi poche ora prima.

«Ho l'impressione che in questo albergo mi prendano per imbecille!» gridò. «Ma se non stanno attenti si accorgeranno di aver trovato quello buono. Tuoni e fulmini! Se questo tizio non mi ritrova la scarpa saranno guai. Io so tollerare anche uno scherzo spinto al massimo, signor Holmes, ma questa volta hanno veramente passato i limiti.»

«Siete sempre in cerca della vostra scarpa?»

«Sicuro, e ho tutte le intenzioni di trovarla.»

«Ma non mi avevate detto che si trattava di una scarpa marrone nuova?»

«Per l'appunto! Ma ora me ne manca una nera e vecchia.»

«Cosa? Non vorrete mica dirmi...»

«È proprio quel che vi voglio dire! Non ne avevo che tre paia in tutto... il paio marrone nuovo, le nere vecchie e queste di vernice che ho ai piedi. Ieri sera mi hanno rubato quella marrone, e oggi me ne hanno fatto saltare una nera. Dunque, l'hai trovata? Parla, disgraziato, e non star lì a guardarmi come una mummia!»

Un domestico tedesco tutto agitato era intanto apparso sulla scena.

«Nossignore, ho fatto ricerche in tutto l'albergo, ma nessuno ha saputo dirmi nulla.»

«Bene: o questa scarpa spunta fuori prima di sera, o io vado dal direttore e gli dico che lascio immediatamente questo suo schifoso albergo.»

«La ritroveremo, signore... Vi prometto che la ritroveremo, purché abbiate un po' di pazienza.»

«Bada bene che sia così, poiché è l'ultima cosa mia che ho intenzione di perdere in questo covo di ladri. Bene, bene, signor Holmes, scusatemi se vi disturbo con quest'inezia...»

«Al contrario, mi pare proprio che ci sia da preoccuparsi...»

«Vedo che prendete la cosa sul serio.»

«Come vi spiegate questo mistero?»

«Non cerco affatto di spiegarlo. Per me è la cosa più scema e più strana che mi sia mai capitata.»

«La più strana forse» mormorò Sherlock Holmes sovrappensiero.

«E voi cosa ne pensate?»

«Ecco: per il momento non posso giurare di avere ancora capito il movente. Il vostro caso è molto complesso, Sir Henry. Se poi lo metto in rapporto con la morte di vostro zio, ho il dubbio che tra i cinquecento casi di capitale importanza di cui mi sono occupato ce ne sia uno più oscuro del vostro. Abbiamo, però, in mano diversi fili, c'è la probabilità che l'uno o l'altro di questi indizi ci guidi alla verità. Perderemo forse del tempo a seguire un indizio sbagliato, ma presto o tardi imboccheremo la via giusta.»

Ci fu servito un piacevole pranzo durante il quale si parlò poco della faccenda che ci stava a cuore. Solo quando ci ritirammo nel salottino privato Sherlock Holmes domandò a Baskerville quali fossero le sue intenzioni.

«Andare al Maniero dei Baskerville.»

«Quando?»

«Alla fine della settimana.»

«Tutto sommato» disse Sherlock Holmes «ritengo che la vostra decisione sia saggia. Ho prove sicure che qui a Londra siete pedinato, e in mezzo a milioni di persone che vivono in questa grande città è difficile scoprire chi sia a pedinarvi e quale scopo abbia. Se le intenzioni di questa gente sono cattive, potrebbero recarvi danno senza che noi si possa intervenire. Certo voi non sapete, dottor Mortimer, di essere stato seguito stamane quando avete lasciato casa mia.»

Il dottor Mortimer sussultò.

«Seguito? Da chi?»

«Questo disgraziatamente non ve lo so dire. Avete tra i vostri vicini o i vostri conoscenti a Dartmoor un uomo con una gran barba nera?»

«No... o almeno... vediamo un poco... Perbacco! Sì, Barrymore, il maggiordomo del povero Sir Charles ha proprio una barba come dite voi.»

«Ah! E dov'è Barrymore?»

«A guardia del Maniero.»

«Sarebbe bene che ci accertassimo se è restato laggiù o se invece per una ragione qualsiasi è venuto a Londra.»

«E come si fa?»

«Datemi un modulo telegrafico. Ecco, basta scrivere "È tutto pronto per Sir Henry?". Indirizzate al signor Barrymore, Maniero dei Baskerville. Qual è l'ufficio telegrafico più vicino? Grimpen. Benissimo! E adesso spediremo un altro telegramma all'ufficio postale di Grimpen: "Telegramma al signor Barrymore da consegnarsi personalmente. In caso di assenza prego rimandare telegramma a Sir Henry Baskerville Northumberland Hotel". Questo dovrebbe farci sapere prima di sera se Barrymore si trova al suo posto nel Devonshire oppure no.»

«Benissimo» disse Baskerville. «A proposito, dottor Mortimer, chi è questo Barrymore?»

«È il figlio del vecchio guardiano, ora morto. I Barrymore

sono addetti alla custodia del Maniero da ormai quattro generazioni. Per quanto ne sappia io, lui e sua moglie sono una delle coppie più rispettabili della contea.»

«È anche vero» osservò Baskerville «che sino a quando al Maniero non ci sarà nessuno della famiglia, questa gente avrà a disposizione una casa bellissima e nulla da fare.»

«Esatto.»

«Barrymore ha avuto qualche vantaggio dal testamento di Sir Charles?» domandò Holmes.

«Lui e sua moglie hanno ereditato cinquecento sterline a testa.»

«Ah! Ed erano al corrente del fatto che avrebbero ricevuto questa somma?»

«Sì, a Sir Charles piaceva molto parlare del suo testamento.»

«Questo è interessante.»

«Spero» osservò il dottor Mortimer «che non giudicherete con occhi sospettosi chiunque abbia beneficiato di un lascito da parte di Sir Charles, perché anch'io ho ereditato mille sterline.»

«Davvero! E chi altro?»

«Nel testamento risultano molti piccoli lasciti a vari privati e una forte somma da devolversi in opere di pubblica carità. Il resto va tutto a Sir Henry.»

«E a quanto ammonterebbe questo resto?»

«A settecentoquarantamila sterline.»

Sherlock Holmes inarcò le sopracciglia con un moto di sorpresa. «Non immaginavo si trattasse di una cifra così grossa» mormorò.

«Sir Charles aveva fama di essere uomo ricco, ma non sapevamo a quanto ammontasse esattamente il suo patrimonio finché non abbiamo potuto esaminare i suoi titoli. Il valore totale del patrimonio si eleva a quasi un milione di sterline.»

«Accidenti! È una posta per cui più di uno sarebbe pronto a giocare una partita disperata. Ancora una domanda, dottor Mortimer: se dovesse accadere qualcosa al nostro giovane amico... Mi scusi la sgradevole ipotesi, Sir Henry!... a chi andrebbe il patrimonio?»

«Dal momento che Rodger Baskerville, il fratello di Sir

Charles, è morto scapolo, l'eredità toccherebbe ad alcuni lontani cugini, certi Desmond. James Desmond è un anziano pastore che abita nel Westmorland.»

«Vi ringrazio: questi particolari mi sono utilissimi. Conoscete il signor James Desmond?»

«Sì, è venuto una volta a far visita a Sir Charles. È un uomo dall'aspetto venerando e dalla vita esemplare. Rammento che si è rifiutato di accettare qualsiasi proposta di vitalizio anche se Sir Charles ha insistito molto.»

«E sarebbe quest'uomo di gusti così semplici l'erede di Sir Charles?»

«Certo, poiché il patrimonio è inalienabile. E oltre ai beni immobili erediterebbe anche il liquido, a meno che il proprietario attuale non disponesse altrimenti, cosa che può benissimo fare se gli garba.»

«E voi avete già fatto testamento, Sir Henry?»

«No, signor Holmes, non ancora. Non ne ho avuto il tempo, dato che solo ieri ho saputo come stavano le cose. In ogni caso però vorrei che al titolo e alla tenuta andasse unito anche il denaro. Così la pensava il mio povero zio. Come potrebbe il proprietario restaurare la grandezza dei Baskerville se non avesse denaro sufficiente per mantenere decorosamente la proprietà? Casa, terra e denaro devono restare insieme.»

«Appunto. Ebbene, Sir Henry, sono anch'io del parere che vi rechiate nel Devonshire. Metto però un'unica clausola: non dovete andarci solo.»

«Ma il dottor Mortimer rientra con me.»

«Il dottor Mortimer ha il suo lavoro che l'aspetta, la sua clientela, e la sua casa si trova a diversi chilometri di distanza dal Maniero. Con tutta la migliore volontà del mondo potrebbe non essere in grado di aiutarvi. No, Sir Henry, dovete prendere con voi qualcuno, una persona fidata, in grado di starvi costantemente al fianco.»

«Non potreste venire voi, signor Holmes?»

«Se le cose si complicassero, farei in modo di essere presente, ma potete capire che con la mia vasta clientela di consulente e con i costanti appelli che mi giungono da tante parti mi è impossibile allontanarmi da Londra per un periodo di tempo indeterminato. In questo momento uno dei più rispettabili nomi d'Inghilterra minaccia di essere infamato da un ricattatore, e solo io posso impedire uno scandalo che minaccia di essere disastroso. Vedete, dunque, come mi sia impossibile accompagnarvi a Dartmoor.»

«Chi mi consigliate, allora?»

Sherlock Holmes mi posò una mano sul braccio.

«Se il mio amico si vuole assumere quest'incarico, non saprei consigliarvi persona migliore da tenere vicino in un momento difficile. Ve lo garantisco io.»

La proposta di Sherlock Holmes mi coglieva completamente alla sprovvista, ma, prima che potessi avere il tempo di rispondere, già Baskerville mi aveva afferrato la mano e me la scuoteva vigorosamente.

«Oh, dottor Watson, questo è proprio gentile da parte vostra! Voi sapete in che pasticcio mi trovo, siete al corrente di questa faccenda quanto lo sono io. Se mi vorrete accompagnare al Maniero dei Baskerville e mi aiuterete, non lo dimenticherò mai.»

Il miraggio dell'avventura aveva sempre avuto per me un grande fascino, e mi sentivo lusingato dalle parole di Sherlock Holmes e dalla cordialità con cui il baronetto aveva accolto la possibilità della mia compagnia.

«Verrò con piacere» dissi. «Non saprei come impiegare meglio il mio tempo.»

«E mi ragguaglierete con la massima cura» incalzò Sherlock Holmes. «Quando si verificherà la crisi, il che avverrà sicuramente, vi istruirò io sul come dovrete agire. Penso che potreste partire sabato, no?»

«Se va bene al dottor Watson.»

«Perfettamente.»

«Allora sabato, salvo contrattempi, ci ritroveremo al treno delle dieci e trenta in partenza da Paddington.»

Ci eravamo già alzati per congedarci quando Baskerville lanciò un grido di trionfo, e balzando di scatto verso un angolo del salottino trasse da sotto uno stipo una scarpa marrone.

«La mia scarpa!» urlò.

«Possano tutte le nostre difficoltà risolversi altrettanto facilmente» sentenziò Sherlock Holmes.

«È veramente molto strano, però!» osservò il dottor Mortimer. «Prima di pranzo avevo frugato tutta la stanza da cima a fondo.»

«Anch'io» disse Baskerville. «Non c'era un buco in cui non avessi messo il naso.»

«Quindi, non è possibile che la scarpa fosse qui prima di pranzo.»

«In tal caso deve avercela messa il cameriere mentre noi eravamo a tavola.»

Fu chiamato il tedesco, ma costui protestò di non saper nulla di nulla, né fu possibile con domande su domande chiarire il mistero. Avevamo aggiunto un altro punto oscuro alla continua e apparentemente futile catena di piccoli enigmi che erano andati succedendosi uno dopo l'altro con tanta rapidità. Indipendentemente dal lugubre fatto della morte di Sir Charles, ci trovavamo davanti a un susseguirsi di incidenti inspiegabili che erano accaduti tutti nello spazio di due giorni, e potevano venir sintetizzati nell'arrivo del messaggio con la lettera stampata, nella spia barbuta nascosta nella carrozza, nello smarrimento della scarpa marrone nuova, nello smarrimento della scarpa nera vecchia, e infine nel ritrovamento della scarpa marrone nuova.

Sherlock Holmes sedette in silenzio nella carrozza che ci riconduceva a Baker Street, e mi fu facile capire, dall'espressione della sua faccia e dal modo in cui teneva corrugate le sopracciglia, che la sua mente, come del resto la mia, era occupata nello sforzo di collegare questi episodi bizzarri e apparentemente sconnessi. Per tutto il pomeriggio e sino a sera tarda rimase sprofondato nel tabacco e nei propri pensieri.

Poco prima di cena ci furono consegnati due telegrammi. Il primo diceva:

APPRESO ORA CHE BARRYMORE TROVASI AL MANIERO.

BASKERVILLE

Ed ecco il testo del secondo:

VISITATO VENTITRÉ ALBERGHI COME DA ISTRUZIONI, MA SPIACENTE DOVER RIFERIRE IMPOSSIBILE RINTRACCIARE RITAGLIO TIMES.

CARTWRIGHT

«E così due dei miei fili si spezzano, Watson. Non c'è nulla che mi sproni più di un caso in cui tutto mi si mette contro. Dobbiamo andare in cerca di un'altra pista.»

«Ci resta sempre il vetturino che ha trasportato la spia.»

«Appunto. Ho telegrafato per farmi dare il suo nome e indirizzo dall'Ufficio Municipale, e non mi sorprenderei se questa fosse la risposta alla mia domanda.»

Lo squillo del campanello che echeggiò in quell'istante si rivelò essere più soddisfacente di una semplice risposta, poiché la porta si aprì ed entrò un individuo dall'aspetto rude che evidentemente era l'interessato in persona.

«Sono stato avvertito dalla Direzione che un signore rispondente a questo indirizzo ha chiesto del 2704» incominciò l'uomo. «Sono sette anni che faccio il fiaccheraio e finora nessuno si è lamentato di me. Sono venuto qui direttamente dalla rimessa per chiedervi faccia a faccia cosa avete da dire sul mio conto.»

«Non ho assolutamente nulla contro di voi, amico mio» disse Sherlock Holmes. «Al contrario, ho già qui pronta mezza sovrana se saprete rispondere con chiarezza ad alcune domande che vorrei farvi.»

«Be', ho avuto una buona giornata e nessuna grana» disse il fiaccheraio, rasserenandosi in faccia. «Cosa mi volete domandare, signore?»

«Prima di tutto il vostro nome e indirizzo, nel caso avessi bisogno nuovamente di voi.»

«Mi chiamo John Clayton, e abito al numero 3 di Turpey Street, al Borough. La mia vettura staziona a Shipley's Yard, vicino alla stazione di Waterloo.»

Holmes prendeva appunti.

«E adesso, Clayton, parlatemi dell'individuo che è venuto qui e si è messo a sorvegliare questa casa alle dieci di stamane, e poi ha seguito i due signori giù per Regent Street.»

L'uomo parve sorpreso e imbarazzato.

«Be', è inutile che io stia a menarla per le lunghe, perché mi pare che voi ne sappiate anche più di me» rispose. «La verità è che il signore mi ha detto di essere un poliziotto e che io non dovevo spifferar nulla di lui a nessuno.»

«Caro amico mio, si tratta di una faccenda molto seria, e potreste trovarvi in guai grossi se tentaste di nascondermi qualcosa. Siete sicuro che il vostro cliente vi abbia detto di essere un poliziotto?»

«E come no?»

«Quando ve l'ha detto?»

«Al momento di salire sulla vettura.»

«Ha aggiunto altro?»

«Mi ha rivelato il suo nome.»

Sherlock Holmes mi lanciò una rapida occhiata di trionfo.

«Oh, vi ha rivelato il suo nome, veramente? Che imprudenza! Che nome vi ha dato?»

«Mi ha detto» rispose il cocchiere «che era il signor Sherlock Holmes.»

Non avevo mai visto il mio amico sbalordito come in quel momento, a quella inattesa risposta del cocchiere. Per un istante restò come ammutolito dallo stupore. Alla fine scoppiò in una fragorosa risata.

«Bel colpo, Watson... un colpo veramente magnifico!» esclamò. «Eccomi davanti a una lama rapida e agile non meno della mia. Questa volta ha toccato in pieno! Dunque, si chiamava Sherlock Holmes?»

«Sissignore. Almeno lui mi ha detto di chiamarsi così.»

«Benissimo! Ora ditemi dove è salito, e tutto quello che è successo.»

«Mi ha fermato alle nove e mezzo in Trafalgar Square. Mi ha detto che era un poliziotto e mi ha promesso due ghinee se per tutta la giornata avessi seguito alla lettera i suoi ordini senza fargli domande. Naturalmente sono stato ben contento di accettare. Per prima cosa ci siamo fermati davanti al Northumberland Hotel, dove abbiamo aspettato fino a quando sono usciti due signori che hanno noleggiato una carrozza al posteggio. Da lì li abbiamo seguiti sino a che la carrozza si è fermata da queste parti.»

«Proprio qui davanti» precisò Holmes.

«Be', non saprei dire con sicurezza, ma il mio cliente doveva essere bene informato. Ci siamo fermati a metà strada e abbiamo aspettato un'ora e mezzo. Poi i due signori ci hanno oltrepassato a piedi e noi li abbiamo seguiti giù per Baker Street e lungo...»

«Questo lo so» lo interruppe Holmes.

«Arrivati quasi alla fine di Regent Street il mio cliente ha alzato la capotta della carrozza e mi ha gridato di correre difilato alla stazione di Waterloo il più in fretta possibile. Ho frustato la mia giumenta e ci siamo arrivati in dieci minuti. Allora mi ha pagato le sue due ghinee, da persona onesta, ed è entrato in stazione; proprio sul punto di andarsene si è voltato e mi ha detto: "Forse vi interesserà sapere che avete portato nella vostra carrozza Sherlock Holmes". Ecco come so il vostro nome.»

«Capisco. E poi non lo avete più visto?»

«No.»

«Sapreste descrivermelo, questo signor Sherlock Holmes?»

Il fiaccheraio si grattò la fronte. «Ecco, per dir la verità non è un signore tanto facile da descrivere. Io direi che deve avere un quarant'anni, è di media statura, di qualche centimetro più basso di voi. Era vestito da vero signore, con la barba nera, tagliata quadra, e una faccia pallida. Non credo di poter dire di più.»

«Avete osservato il colore degli occhi?»

«No.»

«Nessun altro particolare di cui potete rammentarvi?»

«Nossignore, proprio nulla.»

«Va bene, tenete la vostra mezza sovrana. Ve ne toccherà un'altra se riuscirete a fornirmi ulteriori informazioni utili. Arrivederci!»

«Arrivederci, signore, e grazie tante!»

John Clayton si allontanò ridacchiando soddisfatto, mentre Sherlock Holmes si volgeva verso di me con un'alzata di spalle e un sorriso agrodolce.

«Così, anche il nostro terzo filo si è spezzato, e torniamo da capo» concluse. «Che gran mascalzone furbo! Sapeva il nostro numero, sapeva che Sir Henry Baskerville mi aveva consultato, ha capito subito in Regent Street chi ero, ne ha dedotto che avrei segnato il numero della carrozza e sarei riuscito a rintracciare il fiaccheraio, e così mi ha mandato a mezzo suo quest'insolente messaggio. Vi assicuro, Watson, che questa volta ci troviamo di fronte a un avversario degno della nostra tempra. A Londra mi è stato dato scacco matto. Non posso che augurare una migliore fortuna a voi nel Devonshire sebbene su questo punto sia tutt'altro che tranquillo.»

«Perché?»

«Non so, ma ho paura a mandarvi laggiù. È un brutto affare, Watson, brutto e pericoloso, e, più ci penso, meno mi piace. Sì, caro amico mio, ridete pure se credete, ma vi do la mia parola che sarò molto contento quando vi rivedrò di nuovo sano e salvo in Baker Street.»

6
Il Maniero dei Baskerville

Sir Henry Baskerville e il dottor James Mortimer erano pronti, come d'accordo, per il giorno stabilito, e insieme partimmo per il Devonshire.

Sherlock Holmes mi accompagnò fino alla stazione, dove mi impartì le ultime istruzioni e i consigli finali.

«Non voglio rimpinzarvi la testa di suggerimenti e di sospetti, Watson,» mi disse «desidero solo che voi mi riferiate i fatti il più dettagliatamente possibile, lasciando a me il compito di trarne le dovute deduzioni.»

«Quali fatti?» m'informai.

«Qualsiasi cosa possa avere un riferimento anche indiretto con il caso. Soprattutto, dovrete tenermi al corrente sui rapporti che si stabiliranno tra il giovane Baskerville e i vicini, o su ogni particolare nuovo che possa emergere in merito alla morte di Sir Charles. In questi ultimi giorni ho già effettuato alcune ricerche per mio conto ma con risultati purtroppo negativi. Una cosa sola mi par certa, e cioè che James Desmond, l'erede più prossimo, è un signore anziano di carattere mitissimo, di modo che possiamo esser sicuri che questa trama non è certo opera sua. Credo anzi che lo si possa senz'altro eliminare dalle nostre congetture, quindi non ci resta che studiare le persone che abitano vicino a Sir Henry Baskerville nella brughiera.»

«Non sarebbe opportuno sbarazzarci prima di tutto di quei due Barrymore?»

«Neppure per sogno! Significherebbe commettere un errore madornale! Se sono innocenti, ci macchieremmo di una crudele ingiustizia, e, se sono colpevoli, ci metteremmo nell'impossibilità di coglierli sul fatto. No, no, lasciamoli per il momento nella nostra lista dei sospetti. Se ben rammento, al Maniero c'è anche uno staffiere, e due famiglie di contadini. C'è il nostro amico dottor Mortimer, che ritengo onesto al cento per cento, e c'è sua moglie di cui non sappiamo nulla. Abbiamo poi il naturalista Stapleton e sua sorella, che dicono sia una giovane piena di fascino. C'è poi quel Frankland del Maniero di Lafter, che è pure un elemento ignoto, e un altro paio di vicini. Questa è la gente che io raccomando al vostro studio più particolare.»

«Farò del mio meglio.»

«Siete armato, vero?»

«Sì, ho pensato bene di premunirmi.»

«È necessario. Tenetevela vicina notte e giorno, la rivoltella, e non stancatevi mai di usare la massima prudenza.»

I nostri amici avevano già fatto riservare uno scompartimento di prima classe e ci aspettavano sulla banchina.

«No, nessuna notizia» replicò il dottor Mortimer a una domanda del mio amico. «Su una cosa sola sono pronto a giurare, e cioè che in questi ultimi due giorni nessuno ci ha seguiti. Non siamo mai usciti una sola volta senza tenere gli occhi bene aperti, e, se qualcuno ci avesse pedinati, non ci sarebbe certo sfuggito.»

«Siete stati sempre insieme, immagino.»

«Sempre, tranne il pomeriggio di ieri. Quando vengo in città mi concedo sempre una giornata di svago, quindi ho passato il pomeriggio di ieri al Museo dell'Ordine dei medici.»

«Io, invece, sono andato a guardare la gente che passeggiava al parco» disse a sua volta Baskerville «ma nessuno mi ha dato fastidio.»

«È stata, comunque, un'imprudenza» osservò Holmes scuotendo la testa con un'espressione severa. «Vi raccomando vivamente, Sir Henry, di non andare mai in giro solo. Se non mi darete ascolto, vi può capitare qualcosa di spiacevole. Avete ritrovato l'altra scarpa?»

«Purtroppo no: ho perso definitivamente la speranza di rivederla.»

«Davvero? Questo è molto interessante. Be', arrivederci» concluse Sherlock Holmes mentre il treno incominciava a muoversi lentamente. «Ricordatevi, Sir Henry, una frase di quella strana leggenda che il dottor Mortimer ci ha detto: evitate la brughiera nelle ore tenebrose in cui si scatenano le potenze del male.»

Mi girai a guardare il marciapiede della stazione, già incerto nella lontananza, e vidi l'alta, austera figura di Holmes immobile, lo sguardo fisso su di noi.

Il nostro fu un viaggio rapido e piacevole, durante il quale feci una più stretta conoscenza dei miei due compagni, e giocai con il cane del dottor Mortimer.

In poche ore il paesaggio era cambiato, la terra bruna era diventata rossiccia, il marrone si era tramutato in granito, e le mandrie pascolavano in prati ben recintati dove l'erba lussureggiante e una vegetazione più ricca stavano a indicare un clima più generoso, seppure più umido. Il giovane Baskerville guardava con interesse fuori del finestrino, e gridava di gioia ogni volta che riconosceva qualche caratteristica familiare dello scenario di Devon.

«Sono stato molto in giro per il mondo da quando me ne sono andato da qui, dottor Watson,» mi disse «ma non ho mai visto un luogo che sia paragonabile a questo.»

«E io non ho mai visto un abitante del Devonshire che non fosse attaccato al proprio paese» replicai.

«Non dipende solo dal paese, ma anche dalla razza di uomini che vi abitano» interloquì il dottor Mortimer «basta dare un'occhiata al nostro amico per notare subito in lui la testa rotonda del celta, da cui deriva tutto l'entusiasmo e tutto il potere di attaccamento celtici. Il cranio del povero Sir Charles era di un tipo rarissimo nelle sue caratteristiche, per metà gaelico e per metà iverniate. Voi però eravate molto giovane quando avete lasciato il Maniero dei Baskerville, vero?»

«Ero un ragazzo di dieci anni al tempo della morte di mio padre, e non avevo mai visto il Maniero, poiché abitavamo in un villino sulla costa meridionale. Vi posso assicurare che tutto è nuovo per me come lo è per il dottor Watson, e sono divorato dall'impazienza di vedere la brughiera.»

«Davvero? Allora il vostro desiderio sarà subito esaudito: eccola» affermò il dottor Mortimer, indicando fuori dal finestrino dello scompartimento.

Sopra i quadrati verdi dei campi e la curva digradante di un bosco si elevava in lontananza una collina malinconica e grigia, dalla strana vetta dentellata, incerta e vaga come il paesaggio fantastico di un sogno. Baskerville la contemplò a lungo, in silenzio, e io lessi nella sua faccia intenta quanto significasse per lui, quanta importanza avesse al suo sguardo la prima visione di quell'insolita brughiera dove gli uomini della sua razza avevano per tanto tempo dominato sovrani, lasciando profondissime impronte sul suolo. Lui stava seduto lì, con il suo abito sportivo e il suo accento americano, nell'angolo di una prosaica vettura ferroviaria; e tuttavia, studiando la sua faccia bruna, espressiva, capivo sempre meglio come fosse veramente il discendente di una razza pura, nobile, dominatrice. Si leggevano orgoglio, coraggio e vigore nelle sue folte sopracciglia, nelle sue narici palpitanti, nei suoi grandi occhi color nocciola. Se su quella tenebrosa brughiera ci aspettava un'impresa difficile e rischiosa, Baskerville era un compagno per il quale sarebbe valsa la pena di affrontare qualsiasi pericolo, con la certezza che lui l'avrebbe saputo validamente condividere.

Il treno si fermò a una stazioncina secondaria, e scendemmo tutt'e tre. Fuori, di là dalla bassa staccionata bianca, era in attesa una carrozza scoperta a due cavalli. Il nostro arrivo doveva essere evidentemente un avvenimento straordinario, poiché facchini e capostazione ci si affollarono intorno per trasportare il nostro bagaglio. Era un cantuccio di campagna semplice e gradevole, ma fui sorpreso nel notare che vicino al cancello sostavano due uomini dal piglio soldatesco, in uniforme scura, appoggiati ai loro corti fucili, che ci lanciarono, mentre passavamo, una occhiata scrutatrice. Il cocchiere, un ometto dalla faccia dura e dal corpo rattrappito, salutò cerimoniosamente Sir Henry Baskerville, e in capo a pochi minuti volavamo a tutta velocità lungo l'ampia strada bianca. Ai lati si estendevano, in curve sempre più alte, buoni terreni da pascolo, e vecchie case dal tetto appuntito occhieggiavano in mezzo al fitto e verde fogliame; ma dietro quel paesaggio pacifico, pieno di sole, sorgeva immancabilmente cupa, contro il cielo della sera, la tetra ondulazione della brughiera, interrotta da sinistre colline dentellate.

La carrozza svoltò in una strada laterale e proseguimmo salendo sempre attraverso profondi sentieri consumati da secoli di ruote e fiancheggiati da alte sponde, coperte di muschio umidiccio e di carnose lingue di cervo. Bronzee felci e rovi maculati risplendevano nella luce del sole calante. Continuando a salire, oltrepassammo un angusto ponte di granito e prendemmo a costeggiare un rumoroso corso d'acqua che procedeva spumeggiando e tumultuando in mezzo ai massi grigi. La strada e il fiumiciattolo si snodavano serpeggiando in una valle fittamente ricoperta di quercioli e di abeti. A ogni svolta, Baskerville prorompeva in esclamazioni di contentezza. Si guardava attorno meravigliato e rivolgeva a Mortimer continue domande. Tutto gli appariva bello, ma per me una sfumatura di malinconia gravava su quel paesaggio. Foglie ingiallite tappezzavano i viottoli e si agitavano al nostro passaggio. Il cigolio delle nostre ruote moriva attutito tra cumuli di vegetazione putrescente, quasi che la natura scialasse le sue tristi offerte sul cammino dell'ultimo erede dei Baskerville.

«Ehi!» esclamò il dottor Mortimer «cos'è questa novità?»

Davanti a noi si apriva una brusca curva di terreno tappezzata d'erica, contrafforte avanzato della brughiera. In cima, rigido come una statua equestre sul proprio zoccolo, stava un soldato a cavallo, accigliato, austero, con il fucile imbracciato. Sorvegliava la strada che noi stavamo percorrendo.

«Cosa significa questo, Perkins?» domandò il dottor Mortimer.

Il vetturino si girò per metà sul sedile.

«Un forzato è evaso da Princetown, signor dottore. È scappato già da tre giorni, e le guardie sorvegliano tutte le strade e tutte le stazioni, ma sino a ora non sono riuscite ad avvistarlo. Agli agricoltori nei dintorni la cosa non piace per nulla, e non si può dar loro torto.»

«Capisco: ma so che danno cinque sterline a chiunque sia in grado di fornire informazioni sui galeotti evasi.»

«È vero, signor dottore, ma la probabilità di guadagnare cinque sterline è ben misera cosa in confronto alla probabilità di essere sbudellati. Vedete, non si tratta di un criminale qualsiasi. Questo è un uomo che non ha paura di nessuno.»

«Ma chi è?»

«Selden, l'assassino di Notting Hill.»

Ricordavo perfettamente il caso, poiché Sherlock Holmes se ne era particolarmente interessato per la ferocia insolita del crimine e la stupida brutalità che avevano contrassegnato tutte le gesta dell'assassino. La commutazione della condanna a morte era stata concessa grazie ad alcuni dubbi sorti sulla totale sanità di mente dell'omicida, tanto atroce era stato il suo crimine. La nostra carrozza intanto aveva raggiunto un'altura, e di fronte a noi si estendeva, in tutta la sua ampiezza, la brughiera disseminata di cumuli di pietre e di spuntoni di roccia scoscesi che parevano accrescerne il tormento. Le sferzate del gelido vento ci facevano rabbrividire. E pensare che in qualche punto di quella piana desolata si rintanava quel criminale, appiattito in qualche anfratto come una bestia feroce, pieno d'odio per l'umanità che lo aveva messo al bando. Non occorreva che questo tocco per completare la sinistra suggestione di tanta arida desolazione, del vento agghiacciante, del cielo sempre più cupo. Persino Sir Henry Baskerville diventò silenzioso e si strinse meglio il cappotto intorno al corpo.

Avevamo lasciato la terra fertile dietro e sotto di noi. Ci girammo ora a guardarla; i raggi obliqui del sole calante tramutavano i ruscelli in nastri d'oro e rilucevano sulla rossa campagna rimossa di fresco dall'aratro, e sul vasto groviglio dei boschi. La strada di fronte a noi, invece, diventava sempre più tetra e più selvaggia, avanzando tra enormi pendii di un colore ora rossiccio, ora olivastro, cosparsi di massi giganteschi. Passavamo di quando in quando davanti a un'abitazione di brughiera, dalle mura e dal tetto di pietra, senza alcun rampicante. A un tratto abbassammo lo sguardo in una depressione a conca, tappezzata di quercioli e di abeti striminziti che la furia degli anni e delle tempeste avevano contorti e piegati. Al disopra degli alberi si elevavano due torri alte e sottili. Il cocchiere accennò con la frusta.

«Il Maniero dei Baskerville» disse.

Il giovane proprietario si era alzato in piedi e fissava la costruzione con le guance arrossate e gli occhi scintillanti. Pochi minuti dopo avevamo raggiunto i cancelli della portineria, intrico di disegni fantastici in ferro battuto, con pilastri consumati dal tempo su ciascun lato, ricoperti di licheni, e sormontati dallo stemma a teste di cervo dei Baskerville. La portineria era ormai solo un rudere di granito nero e di travi scrostate e messe a nudo, ma, davanti, sorgeva un edificio nuovo, costruito solo a metà, primo frutto dell'oro sudafricano di Sir Charles.

Attraverso la cancellata entrammo nel viale, dove le ruote ripresero a scivolare silenziose, il rumore attutito dalle foglie cadute, mentre gli alberi centenari formavano, con i loro rami, una scura galleria sulle nostre teste. Baskerville ebbe un brivido nel vedere il lungo, cupo viale al cui limite estremo la casa si stagliava con la fosforescenza incerta di un fantasma.

«È successo qui?» si informò a bassa voce.

«No, no, il Viale dei Tassi è dall'altro lato.»

Il giovane erede si guardò attorno con un'espressione tetra.

«Non c'è da stupirsi se mio zio aveva l'impressione che gli sarebbe capitata una disgrazia in un posto come questo» disse. «Incuterebbe paura anche a un eroe. Datemi tempo sei mesi: con una doppia fila di lampioni, non riconoscerete più questo posto. Voglio una lampada da mille candele davanti alla porta.»

Il viale si allargava in un vasto terreno erboso, ed ecco finalmente la casa. Nella scarsa luce mi fu possibile notare che la parte centrale era costituita di un fabbricato pesante, massiccio, dal quale si allungava un porticato. L'intera facciata era rivestita di edera ritagliata qua e là in zone dove una finestra o un blasone ne rompeva il cupo e fitto velame. Da questo blocco centrale si alzavano le torri gemelle, antiche, merlate, trafitte da numerose feritoie. A destra e a sinistra dei torrioni si stendevano due ali più moderne di granito nero.

Una luce incerta brillava debolmente attraverso le adorne finestre a colonnine, e dagli alti comignoli svettanti su dal tetto appuntito, allungato, si sprigionava un'unica nera colonna di fumo.

«Benvenuto, Sir Henry! Benvenuto al Maniero dei Baskerville!»

Un uomo di alta statura si era staccato dall'ombra del portico ed era venuto ad aprire la portiera della vettura. Contro la luce gialla del vestibolo si stagliava una figura di donna. Anche costei uscì e aiutò l'uomo a scaricare i bagagli a terra.

«Vi dispiace se proseguo diritto a casa mia, Sir Henry?» domandò il dottor Mortimer. «Mia moglie mi aspetta.»

«Come? Non vi fermate a cenare con noi?»

«No, devo andare. Può darsi che trovi del lavoro che mi aspetta. Mi piacerebbe restare per mostrarvi la casa, ma Barrymore sarà certamente una guida migliore di me. Arrivederci dunque, e non esitate mai, sia di giorno sia di notte, a mandarmi a chiamare nel caso aveste bisogno di me.»

Il rumore delle ruote smorì lungo il viale mentre Sir Henry e io entravamo nel vestibolo, poi la porta si chiuse alle nostre spalle con pesante fragore. La sala in cui ci trovammo era bellissima: grande, alta, interamente costruita con travi enormi di quercia annerite dal tempo. Nel grande camino antico, dietro gli alti alari di ferro, crepitava e scoppiettava un fuoco di ceppi. Sir Henry e io tendemmo le mani per scaldarcele, poiché la lunga corsa ci aveva intirizziti. Volgemmo poi i nostri sguardi all'alta sottile finestra dagli antichi vetri istoriati, alla rivestitura di quercia, alle teste di cervo e ai blasoni appesi alle pareti, il tutto incerto e cupo nella scarsa luce della lampada centrale.

«È proprio come me l'ero immaginato» disse Sir Henry. «Non vi pare veramente una tipica vecchia dimora di famiglia? Pensare che questa è la casa in cui la mia gente vive da cinquecento anni! Mi sento diventare un monumento a pensarci!»

Notai che, mentre si guardava attorno, la sua faccia bruna si era illuminata di un entusiasmo infantile. La luce batteva in pieno su di lui, nel punto in cui si trovava, ma le ombre allungate lungo le pareti gravavano intorno come un nero baldacchino. Barrymore intanto era ritornato dopo aver portato i nostri bagagli nelle rispettive camere.

Ci si fermò di fronte nell'atteggiamento rispettoso di un domestico di lunga esperienza. Era un uomo dall'aspetto notevole: alto, molto alto, portava una barba nera quadrata e i suoi lineamenti pallidi erano molto fini.

«Desiderate che il pranzo sia servito subito, Sir?»

«È già pronto?»

«Sarà pronto in pochi minuti, Sir. I signori troveranno l'acqua calda nelle loro camere. Mia moglie e io, Sir Henry, saremo felici di restare al vostro servizio finché Vossignoria non avrà preso nuove disposizioni, ma Vossignoria capirà certo che, dato il mutare delle circostanze, questa casa avrà bisogno di un personale più numeroso.»

«Come sarebbe a dire?»

«Intendevo semplicemente dire, Sir, che Sir Charles conduceva una vita molto ritirata, e per supplire alle sue necessità noi due eravamo più che sufficienti. Vossignoria invece vorrà avere naturalmente maggior compagnia, e sarà pertanto necessaria una servitù più numerosa.»

«Dunque voi e vostra moglie avete intenzione di andarvene?»

«Naturalmente ce ne andremo solo quando Vossignoria lo riterrà opportuno.»

«Ma la vostra famiglia è con la mia da parecchie generazioni, non è così? Mi dispiacerebbe iniziare la mia vita qui interrompendo un'antica tradizione familiare.»

Mi parve di scorgere sulla faccia esangue del maggiordomo una lieve traccia di emozione.

«Spiace anche a me, Sir, e così pure a mia moglie, ma per esser franco, Sir, eravamo tutt'e due molto affezionati a Sir Charles, e la sua morte è stata un grave colpo per noi, e vivere in questo ambiente è diventato per noi molto malinconico. Non credo che riusciremmo più a vivere sereni al Maniero dei Baskerville!»

«Ma cosa avete intenzione di fare?»

«Sono certo, Sir, che riusciremo a trovare un lavoro. La generosità di Sir Charles ci ha concesso i mezzi per farlo. E adesso, Sir, sarà meglio che vi accompagni nelle vostre rispettive camere.»

Un ballatoio rettangolare e cinto da una balaustra correva intorno alla sommità del vetusto vestibolo, a cui si accedeva mediante una duplice scalinata. Dal mezzo si diramavano per l'intera estensione dell'edificio due lunghi corridoi sui quali davano tutte le camere da letto. La mia era situata nella stessa ala di quella di Baskerville e le era attigua. Le camere avevano l'aspetto molto più moderno del corpo centrale della casa, e la tappezzeria vivace e l'abbondanza di luci riuscirono a cancellare in parte l'impressione di sconforto che mi aveva aggredito all'arrivo. La sala da pranzo però, che si apriva sul vestibolo, era un luogo di tenebre e di malinconia. Era un ampio locale con un gradino che separava il tratto di pavimento rialzato e protetto da baldacchino, dove la famiglia soleva sedere, separata dalla parte inferiore riservata alla servitù. A un'estremità il soppalco dei musicisti sovrastava la scena. Nere travi si incrociavano sulle nostre teste, e di là da esse era il soffitto annerito dal fumo. L'ambiente sarebbe forse stato addolcito da file di torce fiammeggianti, dall'animazione e dalla rude ilarità di un banchetto del buon tempo antico, ma ora che nel breve cerchio di luce gettato da un'antica lampada con paralume sedevano due gentiluomini vestiti di scuro, involontariamente veniva fatto di abbassare la voce e di sentirsi l'animo oppresso. Una galleria di antenati, vestiti in ogni foggia, dal cavaliere elisabettiano al damerino della Reggenza, ci fissavano e ci sconcertavano con la loro silenziosa presenza. Parlammo appena, e, almeno io, fui felice quando il pasto ebbe termine e ci fu consentito di ritirarci nella moderna sala da biliardo a fumare una sigaretta.

«Parola d'onore, non è una casa molto allegra» osservò Sir Henry. «Forse col tempo mi ci abituerò, ma per il momento mi sento piuttosto fuori posto. Non mi meraviglio che mio zio sia diventato nevrastenico a furia di abitare tutto solo in una casa come questa. Comunque, se non vi dispiace, questa sera ci ritireremo presto, e chi sa che domani le cose non ci appaiano un poco meno tetre.»

Prima di coricarmi tirai indietro le tende per guardare fuori. La finestra dava sullo spiazzo erboso davanti all'ingresso del Maniero. Più lontano, due macchie d'alberi cedui gemevano e oscillavano sotto la sferza crescente del vento. Una falce di luna apparve tra gli squarci delle nuvole fuggenti. Alla sua fredda luce scorsi di là dagli alberi una frastagliatura spezzata di rocce e la lunga bassa curva della lugubre brughiera. Richiusi le tende con la netta sensazione che le mie ultime impressioni fossero purtroppo in perfetta armonia con le prime che avevo ricevuto all'arrivo.

Eppure non dovevano essere veramente le ultime. Mi accorsi di essere stanco e al tempo stesso vigile, perché mi agitavo inquieto, in cerca del sonno che non voleva venire. In lontananza un orologio scandiva le ore e i quarti, ma per il resto su tutta l'antica casa regnava un silenzio di morte. E d'improvviso, nel cuor della notte, mi giunse alle orecchie, chiaro, alto, inconfondibile, un rumore. Era un singhiozzo di donna, l'affanno soffocato e represso di chi è straziato da un dolore incontenibile. Balzai a sedere sul letto e restai in ascolto. Il rumore non poteva giungere da molto lontano, non poteva che provenire dall'interno della casa. Attesi per mezz'ora, con tutti i nervi tesi, ma non udii altro che i rintocchi della pendola e il fremere dell'edera sul muro.

7

Gli Stapleton

L'indomani, la fresca bellezza delle prime ore contribuì a rimuovere parzialmente dai nostri animi la grigia e tetra impressione prodotta dai nostri primi contatti col Maniero dei Baskerville. Mentre Sir Henry e io sedevamo a colazione, la luce solare penetrava a fiotti attraverso le finestre a bifora, facendo affiorare chiazze iridescenti di colore dai blasoni che le ricoprivano. Sotto i raggi dorati gli scuri pannelli risplendevano come bronzo, e si stentava a pensare che quella era proprio la medesima sala che ci aveva piombato in tali abissi di tristezza la sera precedente.

«Penso che dobbiamo biasimare noi stessi non la casa!» esclamò il baronetto. «Eravamo così stanchi per il viaggio e così intirizziti per il freddo che persino questa bellissima sala ci ha fatto un cattivo effetto: ma ora che siamo freschi e riposati tutto ha un aspetto molto più allegro e accogliente.»

«Eppure non era tutta colpa della nostra immaginazione» obiettai. «Non avete per caso sentito una donna che singhiozzava, stanotte?»

«Effettivamente è una cosa curiosa. Mentre ero nel dormiveglia ho proprio avuto l'impressione di udir qualcosa del genere. Sono restato per un poco in ascolto, ma poi, non avendo inteso più nulla, ho dedotto che dovevo avere sognato.»

«Io, invece, ho inteso benissimo, e sono sicuro che era veramente una donna che singhiozzava.»

«Ci dovremo proprio informare.»

Suonò il campanello e domandò a Barrymore se ci potesse fornire qualche spiegazione su quello che avevamo udito. Mi parve che i pallidi tratti del maggiordomo s'illividissero, quando udì quella domanda rivoltagli dal suo padrone.

«In casa ci sono solo due donne, Sir Henry» rispose. «Una è la sguattera che dorme nell'altra ala. L'altra è mia moglie, e posso giurare che non era sicuramente lei a piangere.»

E, tuttavia, mentre diceva questo, l'uomo mentiva, poiché dopo colazione incontrai per caso la signora Barrymore nel corridoio, con il sole in piena faccia. Era una donna imponente, dall'aspetto impassibile, dai tratti pesanti, la bocca dura e chiusa. Ma i suoi occhi arrossati e le sue palpebre gonfie l'accusavano senza possibilità del minimo dubbio. Era, dunque, proprio lei la donna che piangeva la notte prima, e, quindi, suo marito doveva saperlo: eppure aveva corso il rischio di mentire. Perché lo aveva fatto? E perché la donna aveva pianto così disperatamente? Ecco che già intorno a quel bell'uomo dalla barba nera e dalla pallida faccia si stava addensando un'atmosfera di mistero e di tristezza. Era stato lui il primo a scoprire il cadavere di Sir Charles, e su tutte le circostanze che avevano condotto alla morte del vecchio aristocratico avevamo la sua sola testimonianza diretta. Era mai possibile che, dopotutto, fosse proprio Barrymore l'uomo che avevamo intravisto nella carrozza in Regent Street? In fondo, la barba poteva benissimo essere la stessa. Il vetturino ci aveva descritto, sì, un uomo di statura un pochino più bassa, ma l'impressione poteva benissimo essere sbagliata. Come decidere con certezza intorno a questo interrogativo? Evidentemente dovevo per prima cosa interpellare l'ufficiale postale di Grimpen, per accertare se il telegramma di prova fosse stato consegnato effettivamente nelle mani di Barrymore. Qualsiasi risposta avessi ricevuto, sarei stato almeno in grado di fornire a Sherlock Holmes un dato di fatto.

Dopo colazione, Sir Henry doveva esaminare numerose carte, quindi era quello il momento propizio alla mia gita. Una piacevole passeggiata di quattro miglia, al limitare della brughiera, mi condusse a un piccolo villaggio grigio nel quale, sopra la massa uniforme delle altre casupole, dominavano due costruzioni importanti, che seppi poi essere la locanda e la casa del dottor Mortimer. L'ufficiale postale, che era al tempo stesso il droghiere del villaggio, ricordava perfettamente il telegramma.

«Certamente» disse. «Ho fatto consegnare direttamente il telegramma al signor Barrymore come da istruzioni ricevute.»

«Chi lo ha consegnato?»

«Il mio ragazzo. James, sei stato tu a consegnare il telegramma al signor Barrymore del Maniero, la settimana scorsa, no?»

«Sì, papà, sono stato io.»

«Gliel'hai consegnato personalmente?» m'informai.

«Il signor Barrymore in quel momento si trovava in soffitta, quindi non ho potuto consegnarglielo personalmente, ma l'ho dato alla signora Barrymore, e la signora mi ha promesso che lo avrebbe dato subito a suo marito.»

«Tu, il signor Barrymore, non lo hai visto?»

«Nossignore: era in soffitta.»

«Se non lo hai visto, come fai a sapere che era in soffitta?»

«Ma sua moglie doveva pur sapere dove si trovava!» intervenne, stizzito, l'ufficiale postale. «Il telegramma è stato recapitato, sì o no? Se qualcuno ha qualcosa da dire o da sporgere lagnanza, deve essere il signor Barrymore in persona.»

Mi parve inopportuno insistere, ma così, nonostante lo stratagemma di Sherlock Holmes, non disponevamo di alcuna prova che Barrymore non fosse stato a Londra in quell'intervallo di tempo. In tal caso, se Barrymore era effettivamente l'ultima persona che aveva visto Sir Charles vivo e la prima a pedinare il nuovo erede appena questi aveva posto piede in Inghilterra, cosa bisognava pensare? Agiva forse per conto d'altri o per un motivo personale? Quale interesse poteva avere nel prendere così di mira la famiglia Baskerville? Ripensai allo strano avvertimento ritagliato dall'articolo di fondo del «Times». Era opera sua o di qualcuno che voleva mandare all'aria i suoi piani? Il solo motivo plausibile era quello suggerito da Sir Henry: e cioè che, una volta allontanati i Baskerville mediante minacce, i Barrymore si sarebbero assicurati per sempre una comoda dimora. Ma era una spiegazione insufficiente a giustificare la profonda, sottile macchinazione che pareva stringere come una rete invisibile intorno al giovane baronetto. Sherlock Holmes stesso aveva dichiarato di non aver mai incontrato un caso più complesso in tutta la lunga serie delle sue sensazionali investigazioni. In cuor mio mentre ritornavo lungo la grigia strada solitaria, pregai che il mio amico potesse al più presto liberarsi dei suoi impegni e venire a sollevarmi dal peso di una simile responsabilità.

Improvvisamente, il corso dei miei pensieri venne interrotto da un rumore di passi frettolosi alle mie spalle e dal suono di una voce che mi chiamava per nome. Mi girai, pensando di vedere il dottor Mortimer, ma, con mia sorpresa, constatai che chi mi rincorreva era uno sconosciuto. Si trattava di un uomo piccolo, esile, accuratamente sbarbato, dall'aspetto cerimonioso, i capelli color del lino e la mascella scarna, che poteva avere dai trenta ai quarant'anni, vestiva di grigio e aveva in capo un cappello di paglia. A tracolla portava una scatola di latta per raccogliere esemplari botanici, e in mano teneva un acchiappafarfalle verde.

«Vorrete certo scusare il mio ardire, dottor Watson» disse mentre mi raggiungeva ansimando. «Qui nella landa siamo tutti quanti gente alla buona, e non abbiamo bisogno di presentazioni ufficiali. Forse avrete già sentito parlare di me dal nostro comune amico Mortimer. Sono Stapleton, di Merripit House.»

«La vostra reticella e la vostra scatola me l'hanno fatto immaginare» risposi «perché sapevo che il signor Stapleton è un naturalista. Ma voi come avete fatto a riconoscermi?»

«Sono stato da Mortimer, è stato lui a indicarvi dalla finestra del suo ambulatorio, mentre passavate. Poiché le nostre strade vanno nella stessa direzione, ho pensato di raggiungervi e di presentarmi da solo. Spero che Sir Henry non sarà troppo stanco del viaggio!»

«Sta benissimo, grazie.»

«Avevamo tutti paura che, dopo la dolorosa fine di Sir Charles, il nuovo baronetto si rifiutasse di venire ad abitare qui. È molto chiedere a un uomo ricco di venire a seppellirsi in un buco come questo, ma non occorre che io vi dica quanta importanza abbia per la nostra zona la venuta di Sir Henry. Spero che Sir Henry non sia superstizioso.»

«Non credo proprio che lo sia.»

«Naturalmente siete al corrente della leggenda del cane infernale che perseguita la famiglia dei Baskerville?»

«Ne ho sentito parlare.»

«È straordinario quanto i nostri contadini siano creduloni su questo argomento! Credo che nove su dieci sarebbero pronti a giurare di aver visto questa bestia fantastica, nella brughiera, coi loro stessi occhi.» Parlava sorridendo, ma avevo l'impressione di leggere nel suo sguardo che anche per lui la leggenda era più seria di quanto non volesse dare a intendere. «Questa leggenda aveva prodotto una grande impressione sulla fantasia di Sir Charles e sono sicuro che è stata la causa prima della sua tragica fine.»

«Ma in che modo?»

«I suoi nervi erano talmente scossi che la vista di un cane qualsiasi può aver prodotto sul suo cuore ammalato un effetto mortale. Credo che abbia visto effettivamente qualcosa del genere nel Viale dei Tassi, quell'ultima sera. Temevo che prima o poi sarebbe successa qualche disgrazia, poiché volevo molto bene al povero Sir Charles e sapevo che il suo cuore era debole.»

«Come lo sapevate?»

«Me lo aveva detto Mortimer.»

«Dunque, pensate che un cane abbia inseguito Sir Charles e che questi sia morto per lo spavento?»

«Potete fornirmi una spiegazione migliore?»

«Per il momento non sono arrivato a nessuna conclusione.»

«E il signor Sherlock Holmes?»

Quelle parole mi tolsero per un attimo il respiro, letteralmente; ma, dopo aver dato un'occhiata alla placida faccia e agli occhi sinceri del mio interlocutore, capii che non intendeva affatto cogliermi di sorpresa.

«È inutile fingere di non conoscervi, dottor Watson» mi spiegò. «La fama del vostro poliziotto è giunta sino a noi e non era possibile che la celebraste senza far conoscere anche voi stesso. Quando Mortimer mi ha detto il vostro nome ho collegato subito i fatti. Se siete qui, è logico che il signor Sherlock Holmes si stia interessando della cosa, ed è più che naturale che io sia curioso di sapere la vostra autorevole opinione in proposito.»

«Temo di non essere in grado di rispondere a questa domanda.»

«Posso domandarvi se il signor Holmes ci onorerà di una sua visita?»

«Per il momento non può abbandonare Londra, poiché è troppo occupato in altri casi di grande importanza.»

«Che peccato! Saprebbe certamente gettare qualche luce su quanto per noi è, invece, solo tenebre e oscurità. Ma per le vostre personali ricerche, se io potrò esservi utile in qualche modo, vi prego di non fare complimenti. Se avessi un qualsiasi indizio sul carattere dei vostri sospetti, o sul modo con cui voi intendete studiare il caso, sarei forse in grado di darvi qualche consiglio o fornirvi qualche aiuto.»

«Vi garantisco che mi trovo qui in veste di semplice ospite del mio amico Sir Henry, e che, quindi, non ho bisogno dell'aiuto di nessuno.»

«Perfetto!» disse Stapleton. «Avete mille e una ragione di essere diffidente e discreto. Ho meritato il vostro cortese e prudente rimprovero per la mia ingiustificabile mancanza di discrezione. Non ne parliamo più.»

Eravamo arrivati al punto in cui un angusto sentiero erboso si dipartiva dalla strada per addentrarsi, serpeggiando, nella brughiera. Un colle ripido, cosparso di massi, si stendeva a destra, e in altri tempi era stato scavato per estrarne granito. La parte rivolta verso di noi formava come una roccia scura, e nei suoi anfratti crescevano felci e rovi. Da una cima lontana si levava un grigio pennacchio di fumo.

«Una passeggiatina, per nulla faticosa, lungo questo sentiero conduce a Merripit House» mi spiegò Stapleton. «Se per caso avrete un'ora di tempo sarò lieto di presentarvi mia sorella.»

Pensai che sarei dovuto tornare al più presto presso Sir Henry, ma poi mi rammentai del mucchio di carte e di conti di cui avevo visto ingombra la sua scrivania. Era evidente che in questo campo non mi era possibile aiutarlo. D'altro canto, Sherlock Holmes mi aveva espressamente raccomandato di studiare con attenzione tutti i vicini abitanti della brughiera. Accettai così l'invito di Stapleton, e insieme ci addentrammo in quel sentiero.

«È un luogo meraviglioso, la landa» disse il mio interlocutore guardando verso gli ondulati pendii, simili a lunghi verdi marosi, spumeggianti in fantastici frangenti con dentellate creste di granito. «La brughiera non stanca mai. Non potete neppure lontanamente immaginare i meravigliosi segreti che essa racchiude. È così vasta, così desolata, così misteriosa!»

«Vedo che la conoscete molto bene.»

«Veramente, io sono qui da soli due anni: i residenti direbbero che sono un ultimo arrivato. Infatti, ci stabilimmo qui poco dopo l'arrivo di Sir Charles, ma i miei gusti mi hanno spinto a esplorare ogni punto di questa zona, e credo siano pochi quelli che la conoscono meglio di me.»

«Ma è veramente tanto ardua e impervia?»

«Oh, sì! Vedete per esempio quella grande piana laggiù a nord, con quelle curiose colline che si stagliano fuor di essa? Non notate nulla di speciale?»

«A me parrebbe un posto ideale per andare a cavallo.»

«La vostra è un'osservazione apparentemente logica, eppure quest'idea è costata la vita a molta gente. Vedete quelle macchie sparse di verde lucido?»

«Sì, mi paiono tratti di terreno più fertili degli altri.»

Stapleton rise. «Quella è la grande Palude di Grimpen» mi spiegò. «Un passo falso là dentro significa morte, si tratti di uomo o di animale. Non più tardi di ieri ho visto scomparire un puledrino di brughiera. Non è mai più riemerso. Ho osservato a lungo la testa della bestiola allungarsi disperatamente fuori dalla fossa pantanosa, ma alla fine è stata risucchiata col resto del corpo. È pericoloso attraversarla anche nella stagione asciutta, ma dopo le piogge autunnali è un luogo spaventoso. Eppure io riesco ad addentrarmi e a ritornare vivo. Per Giove! Ecco un altro di quei disgraziati cavallini!»

Qualcosa di bruno si muoveva e sussultava tra le macchie di verde più intenso. A un tratto emerse un collo lungo, che si torceva in movimenti disperati, e un grido terribile echeggiò per tutta la brughiera. Fui agghiacciato dal terrore, ma certo i nervi del mio compagno dovevano essere più forti dei miei.

«Se n'è andato!» fece. «La palude lo ha inghiottito. Due in due giorni, e chi sa quanti altri forse, perché prendono l'abitudine di andare laggiù nella stagione asciutta e poi non sanno capire la differenza finché la palude non li ha in suo potere. È un gran brutto luogo, la vasta Palude di Grimpen!»

«Voi sostenete di esser capace di addentrarvi?»

«Sì, c'è un paio di sentieri che è possibile battere, a patto di essere molto audaci, e io sono riuscito a scoprirli.»

«Ma cosa vi spinge a recarvi in un luogo così pericoloso?»

«Vedete quelle colline? Sono in realtà degli isolotti tagliati fuori da ogni parte dalla impraticabile palude che vi ha strisciato intorno, continuando ad allargarsi nel corso di innumerevoli anni. È su quelle colline che si trovano le piante e le farfalle più rare, purché si abbia il coraggio di andarci.»

«Uno di questi giorni tenterò la fortuna.»

Mi guardò con sorpresa. «Per l'amor di Dio! Toglietevi dalla testa una idea simile!» protestò. «Il vostro sangue ricadrebbe sul mio capo. Vi assicuro che non avreste la benché minima probabilità di ritornare vivo. È solo tenendo a mente alcuni speciali e complicati segni sul terreno che io riesco a ritrovare la mia strada in quel labirinto.»

«Accidenti!» esclamai. «E ora, cosa succede?»

Un urlo lungo, sommesso, indescrivibilmente malinconico, percorse la brughiera. Tutta l'aria ne era piena, e tuttavia era impossibile dire da dove provenisse. Da mormorio soffocato si gonfiò in un boato profondo per ricadere poi ancora una volta in un mormorio vibrante, sconsolato. Stapleton mi osservò con una strana espressione.

«Strano posto, la brughiera!» osservò.

«Ma cos'è?»

«La gente del posto dice che sia il mastino dei Baskerville che chiama la sua vittima. L'ho già sentito un paio di volte, ma mai così forte.»

Mi guardai intorno con un autentico brivido di paura e contemplai l'immensa piana ondosa, marezzata di verdi macchie di giunchi. Nulla si muoveva sull'ampia distesa tranne una coppia di corvi che presero a gracchiare da una sporgenza rocciosa alle nostre spalle.

«Ma voi siete un uomo colto! Non potete prestar fede a baggianate del genere!» protestai. «A cosa attribuite un suono così strano?»

«Le paludi a volte emettono rumori sinistri! È la fanghiglia che si stabilizza, o l'acqua che si alza, o qualche altro fenomeno analogo.»

«No, no, questa era una voce umana.»

«Chi lo sa? Forse! Avete mai inteso l'urlo del tarabuso?»

«No, mai.»

«È un uccello rarissimo, e oggi in Inghilterra praticamente estinto, ma nella brughiera tutto è possibile. Sì, non mi sorprenderei se quello che abbiamo appena udito fosse il grido di richiamo dell'ultimo tarabuso superstite nel nostro paese.»

«È il grido più strano e più misterioso che io abbia mai sentito.»

«Sì, questi luoghi nel complesso sono veramente sconcertanti. Guardate laggiù su quel pendio collinoso. Cosa credete che siano?»

Tutto il pendio scosceso era coperto di anelli circolari di pietra grigia: erano una ventina almeno.

«Mah... non saprei... ovili?»

«Neppure per sogno: sono le dimore dei nostri degni antenati. L'uomo preistorico visse intensamente nella brughiera, e, poiché nessuno vi ha più abitato da allora, siamo in grado di ritrovare le sue modeste costruzioni esattamente come le ha lasciate. Queste sono le loro *wigwams*, di cui solo la cupola ha ceduto. Ma potete vedere il focolare e il giaciglio, ammesso che voi abbiate la curiosità di entrarvi.»

«Ma è una città vera e propria. A che epoca risale?»

«Al periodo neolitico, pare... senza data precisa.»

«E cosa faceva l'uomo allora?»

«Pascolava il bestiame su questi pendii, e imparò a scavare

in cerca dello stagno quando la spada di bronzo cominciò a sostituire l'ascia di pietra. Osservate quella grande trincea sulla collina opposta. È così che allora segnavano i confini. Sì, dottor Watson, nella landa troverete molte cose singolari! Oh, mi scuserete un istante, quella è certamente una Ciclopide!»

Una farfallina o falena svolazzava sul nostro sentiero, e Stapleton aveva già preso a inseguirla con una vivacità e una energia straordinarie. Con mio sgomento l'insetto puntò dritto verso la grande Palude, ma il mio nuovo conoscente non rallentò il passo neppure per un istante, balzando di cespuglio in cespuglio dietro la preda con l'acchiappafarfalle verde che sventolava in alto mentre la sua reticella verde ondeggiava nell'aria. Il suo abito grigio e quel suo procedere irregolare, scattante, a zigzag, non lo rendeva granché dissimile da una mostruosa falena. Lo osservavo con un misto di ammirazione per la sua incredibile agilità e di paura che mettesse un piede in fallo nella Palude traditrice, quando sentii un rumore di passi e, girandomi di colpo, mi trovai faccia a faccia con una donna. Era arrivata da dove il pennacchio di fumo indicava l'ubicazione di Merripit House, ma la depressione della brughiera me l'aveva nascosta alla vista sinché non era stata così vicina.

Non dubitai neppure per un attimo che non fosse la signorina Stapleton, di cui avevo sentito parlare, poiché di donne come quella non ce ne dovevano essere molte nella brughiera, e mi rammentai anche che qualcuno me l'aveva descritta come una bellezza. La donna che mi si era avvicinata lo era certamente, e la sua bellezza era veramente non comune. Non si sarebbe potuto immaginare un contrasto più grande tra il fratello e la sorella: Stapleton, infatti, era scialbo con quei suoi capelli chiari e con quei suoi occhi grigi, mentre la sorella era più bruna di tutte le donne brune che avessi mai visto in Inghilterra... ed era snella, elegante e alta. Aveva una faccia orgogliosa, finemente modellata e tanto regolare che sarebbe potuta apparire impassibile se non fosse stato per quella bocca sensuale e per quegli occhi scuri e caldi. Con la sua figura perfetta e il suo bel vestito alla moda, era davvero una strana apparizione su quel desolato sentiero di brughiera. Aveva gli occhi fissi verso il fratello, quando la guardai, e subito affrettò il passo verso di me. Mi ero tolto il cappello, e stavo per parlare, ma quello che lei mi disse cambiò completamente il corso dei miei pensieri.

«Andate via!» sussurrò. «Tornate immediatamente a Londra!»

La fissai, istupidito dalla sorpresa. Mi fulminava con lo sguardo, mentre batteva il terreno col piede, con un moto di impazienza.

«E perché dovrei andarmene?» domandai.

«Non posso dirvelo.» Si esprimeva a voce bassa e ansiosa, e con una pronuncia lievemente blesa. «Ma per amor del cielo, fate come vi dico. Tornate indietro e non mettete mai più piede nella brughiera.»

«Ma se sono appena arrivato!»

«Santo Dio!» protestò spazientita. «Non riuscite a capire quando qualcuno vi avverte per il vostro bene? Tornate a Londra! Partite questa notte stessa! Andatevene da qui a ogni costo! Zitto, arriva mio fratello! Non una parola intorno a quel che vi ho detto. Vi spiace cogliermi quell'orchidea che cresce laggiù tra quegli equiseti? Siamo ricchissimi di orchidee, qui nella brughiera, per quanto naturalmente sia tardi ormai per ammirare la bellezza del luogo.»

Stapleton aveva rinunciato all'inseguimento, e tornava verso di noi ansante e rosso in viso per lo sforzo fisico compiuto.

«Ciao, Beryl!» disse. Ma ebbi l'impressione che il suo tono di voce nel salutare la sorella fosse tutt'altro che cordiale.

«Jack, sei molto accaldato!»

«Sì, ho tentato di acchiappare una Ciclopide: è una farfalla molto rara e che si trova difficilmente in autunno inoltrato. Come mi dispiace non aver potuto prenderla!»

Parlava con indifferenza, ma i suoi piccoli occhi chiari erravano senza posa dalla donna a me.

«Vedo che vi siete già presentati da soli.»

«Sì: stavo dicendo a Sir Henry che è ormai tardi per poter ammirare le vere bellezze della brughiera.»

«Come hai detto? Sir Henry?»

«Ma non è Sir Henry Baskerville?»

«No, no» mi affrettai a rettificare. «Solo un umile borghese, ma amico di Sir Henry. Sono il dottor Watson.»

Un rossore di dispetto passò sulla faccia espressiva della giovane donna.

«Ci siamo detti un sacco di cose inutili» mormorò infine.

«Ma non credo che abbiate avuto molto tempo per parlare» osservò suo fratello sempre fissandola con occhi inquisitori.

«Ho parlato come se il dottor Watson fosse un residente anziché un semplice visitatore di passaggio» rispose la signorina Stapleton. «Non credo che possa importargli molto se la stagione delle orchidee sia finita o meno. Comunque, volete venire ugualmente a dare un'occhiata a Merripit House?»

Una breve passeggiata ci portò alla loro casa. Era una tipica casa di brughiera, che doveva essere stata la fattoria di qualche allevatore di bestiame negli antichi tempi di prosperità, ma che ora era stata riaggiustata e trasformata in abitazione moderna. Era circondata da un frutteto, ma gli alberi, come accade di solito in brughiera, erano striminziti e rachitici, e nel complesso il luogo dava un'impressione di squallore e di malinconia. Fummo introdotti da un domestico anziano, dall'aspetto curioso, tutto rattrappito e vestito di una giacca stinta, che pareva essere stato scelto apposta per formare un tutt'uno con l'ambiente. L'interno, tuttavia, offriva vasti locali arredati con eleganza, in cui mi parve riconoscere il gusto della donna. Affacciandomi alle finestre per contemplare la brughiera sterminata, tutta cosparsa di massi granitici e che si snodava in onde ininterrotte sino ai limiti dell'orizzonte, non potei far a meno di chiedermi con meraviglia e stupore cosa avesse potuto spingere un uomo tanto colto e una donna tanto bella a vivere in un luogo simile.

«È uno strano posto da scegliere per venirci a vivere, non vi pare?» mi domandò Stapleton come se mi avesse letto nel pensiero. «Eppure riusciamo lo stesso a essere discretamente felici, non è vero, Beryl?»

«Eccome!» rispose la donna. Ma il tono delle sue parole mancava della minima convinzione.

«Io avevo una scuola» spiegò Stapleton. «Si trovava nel

Nord. Per un uomo del mio temperamento si trattava di un lavoro monotono e privo d'interesse, ma il privilegio di vivere in mezzo a elementi giovani, di aiutare menti vergini a formarsi e di plasmarle secondo il mio carattere e i miei ideali era per me una cosa preziosissima. Ma, purtroppo, il destino ci è stato avverso. Nella scuola è scoppiata una grave epidemia, e tre ragazzi sono morti. Il nostro istituto non è più riuscito a risollevarsi dal colpo e il mio capitale è andato in gran parte irrimediabilmente inghiottito nel disastro. Eppure, se non fosse stato per la perdita della carissima compagnia di quei ragazzi, oggi mi rallegrerei della mia cattiva sorte, poiché grazie al mio gusto spiccato per la zoologia e la botanica ho trovato qui un campo di lavoro illimitato, e del resto anche mia sorella è appassionata della natura quanto lo sono io. Vi ho detto tutto questo, dottor Watson, perché ho capito quello che vi passava per il cervello dal modo in cui guardavate la brughiera, poco fa.»

«Effettivamente stavo riflettendo che doveva essere un poco malinconico, qui... meno per voi, forse, che per vostra sorella.»

«No, no, io non sono mai malinconica» replicò prontamente la giovane donna.

«Abbiamo i nostri libri, i nostri studi, e vicini interessanti. Nel suo campo, il dottor Mortimer è un uomo di rara cultura. Anche il povero Sir Charles era un compagno simpaticissimo. Noi lo conoscevamo bene e ne sentiamo la mancanza più di quanto possa farvelo capire a parole. Credete che darei disturbo se venissi questo pomeriggio a fare la conoscenza di Sir Henry?»

«Sono certo che Sir Henry ne sarebbe felicissimo.»

«Allora potreste forse dirgli che questa è la mia intenzione. Spero che nel nostro piccolo riusciremo a facilitargli le cose sino a quando non si sarà abituato al suo nuovo ambiente. Volete salire, dottor Watson, a dare un'occhiata alla mia collezione di Lepidotteri? Credo che sia tra le più complete che possano trovarsi nella regione sudoccidentale dell'Inghilterra. Quando avrete finito di guardarla, il pranzo sarà pronto.»

Ma ero impaziente di riprendere il mio posto al Maniero. La tristezza della brughiera, la morte dello sfortunato cavallino, il lugubre grido che involontariamente aveva evocato la tetra leggenda dei Baskerville... tutte queste cose avevano impregnato i miei pensieri di una sfumatura di malinconia. Inoltre, oltre a queste impressioni più o meno vaghe, avevo ricevuto l'avvertimento chiaro e preciso della signorina Stapleton, che me lo aveva comunicato con tanta intensità e angoscia che mi era impossibile dubitare che non nascondesse ragioni gravi e profonde. Resistei così a ogni loro insistenza perché restassi a colazione e mi affrettai sulla via del ritorno, prendendo il sentiero tappezzato d'erba per il quale eravamo venuti.

Doveva tuttavia esserci una scorciatoia, per chi era pratico del luogo, poiché, prima ancora che avessi potuto raggiungere la strada maestra, notai con sorpresa la signorina Stapleton seduta su una roccia, poco lontano dal sentiero. La faccia era arrossata per la corsa, e si teneva una mano sul fianco.

«Ho fatto tutta la strada di corsa per raggiungervi, dottor Watson» mi disse. «Non ho neppure avuto il tempo di mettermi il cappello. Non mi è possibile fermarmi perché non voglio che mio fratello si metta a cercarmi. Intendevo semplicemente dirvi quanto mi rincresce per lo sciocco errore che ho commesso nello scambiarvi con Sir Henry. Dimenticate le parole che ho detto e che non vi riguardano per nulla.»

«Ma io non posso dimenticarle, signorina» dissi. «Io sono amico di Sir Henry e il suo benessere mi interessa da vicino. Ditemi per quale motivo siete tanto ansiosa che Sir Henry ritorni a Londra.»

«Un presentimento di donna, dottor Watson. Quando mi conoscerete, capirete che non posso sempre dare spiegazioni di quello che dico o faccio.»

«No, no. Rammento perfettamente l'emozione della vostra voce, rammento l'espressione dei vostri occhi. Vi prego, siate sincera con me, signorina Stapleton, poiché sin dal primo momento che sono arrivato in questo posto ho avuto la netta sensazione di essere circondato da ombre. Mi pare che la vita sia diventata per me come la grande Palude di Grimpen, tutta tappezzata di piccole zone verdi in cui chiunque può correre il rischio di sprofondare, senza un'indicazione che segni il cammino. Ditemi dunque cosa intendevate dire e vi prometto che trasmetterò il messaggio a Sir Henry.»

Un'espressione ostinata le sfiorò la faccia, e i suoi occhi s'indurirono quando mi rispose:

«Avete dato troppo peso alle mie parole, dottor Watson! Mio fratello e io siamo stati molto colpiti dalla morte di Sir Charles. Noi lo conoscevamo molto bene, poiché la sua passeggiata favorita lo portava sempre a casa nostra, ogni volta che attraversava la brughiera. Era ossessionato dalla maledizione che gravava sulla sua famiglia, e, quando è accaduta la tragedia, era logico che mi venisse da pensare che i timori da lui espressi dovessero avere un certo fondamento di realtà. Ecco perché mi sono angosciata quando ho saputo che un altro componente della famiglia sarebbe venuto ad abitare qui, e mi è parso mio dovere avvertirlo del pericolo che poteva correre. Non intendevo dire altro.»

«Ma qual è questo pericolo?»

«Conoscete la leggenda del mastino?»

«Ma non credo a simili sciocchezze!»

«Io sì, invece! Se avete qualche influenza su Sir Henry, conducetelo via da questo posto che è sempre stato fatale alla sua famiglia. Il mondo è grande! Perché vuole vivere in questo luogo di pericolo?»

«Appunto perché è un luogo di pericolo! Così è fatto Sir Henry! Io temo che, a meno che voi non sappiate darmi qualche informazione più precisa, sarà impossibile smuoverlo.»

«Non posso dire nulla di preciso, dal momento che *non so* nulla di preciso.»

«Vorrei farvi ancora una domanda, signorina. Se non intendevate altro che questo quando mi avete rivolto la parola per la prima volta, perché non volevate che vostro fratello ascoltasse la nostra conversazione? Non vi era nulla che lui o altri non potesse sapere!»

«Mio fratello è molto ansioso di vedere il Maniero abitato, poiché ritiene che questo sia un bene per la povera gente della brughiera. Sarebbe furibondo se sapesse che io vi ho detto qualcosa per indurre Sir Henry ad andarsene. Ma, ora che ho compiuto il mio dovere, non aggiungerò altro. Bisogna che torni indietro, altrimenti mio fratello sospetterà qualcosa. Arrivederci!»

Si girò e subito scomparve in mezzo ai grandi massi erratici, mentre io, l'animo pieno di vaghi timori, proseguivo in direzione del Maniero dei Baskerville.

8
Primo resoconto del dottor Watson

Da questo momento in poi, per seguire meglio il corso degli avvenimenti, mi servirò delle lettere che ho scritto in quel periodo a Sherlock Holmes. Le ho qui davanti a me sulla scrivania. Manca solo una pagina, ma per il resto le sottopongo al lettore tali e quali; riusciranno a dare un'idea più precisa di quanto possa fare la memoria delle sensazioni e dei sospetti che nutrivo all'epoca di questi tragici avvenimenti.

Maniero dei Baskerville,
13 ottobre

Mio caro Holmes,

con telegrammi e lettere precedenti, vi ho scrupolosamente informato di tutto quanto è accaduto sinora in questo angolo del mondo dimenticato da Dio. Più si indugia qui e più veniamo compenetrati dall'atmosfera che avvolge la brughiera, dalla sua vastità e dal suo fascino lugubre. Ci sei dentro, e lasci dietro di te il presente, ti senti catapultato in un remoto passato, addirittura nel regno dell'uomo preistorico. Cammini e vedi da ogni parte le abitazioni di questa gente dimenticata, sfiori le loro tombe e gli enormi monoliti che si suppongono le vestigia dei loro templi. Se mentre guardi costruzioni di pietra grigia, ti vedessi sbucare fuori un uomo villoso, vestito di pelli, con una freccia dalla punta di selce aggiustata nell'arco, avresti la sensazione di una presenza più naturale qui della tua. Lo strano è che vi sia stata una popolazione così densa su un suolo che, invece, è sempre stato tanto arido. Io non sono uno studioso di cose antiche, ma non mi è difficile immaginare che questo popolo dovette appartenere a una razza tendenzialmente pacifica e perpetuamente in allarme, che fu costretta ad accettare i territori che nessun altro si curava di conquistare.

Tutto questo è estraneo alla missione di cui voi mi avete incaricato, e forse non offrirà alcun motivo d'interesse al vostro spirito rigidamente pratico. Non posso dimenticare la totale indifferenza al fatto che sia il Sole a girare intorno alla Terra anziché la Terra attorno al Sole. Ritorniamo, quindi, ai casi di Sir Henry Baskerville.

Se in questi ultimi giorni non vi ho fatto sapere nulla, è perché sino a oggi non ho avuto nulla di importante da segnalarvi. Dovrò poi informarvi di una circostanza molto strana, che vi spiegherò a tempo debito, ma, prima di tutto, devo mettervi al corrente degli altri fattori della situazione.

Uno di questi, intorno a cui vi ho detto ben poco sinora, è rappresentato dal forzato evaso che si aggira per la brughiera: per quanto ora si abbiano forti motivi per ritenere che si sia allontanato dalla zona, con notevole sollievo degli abitanti isolati di questa regione. Sono trascorsi quindici giorni dalla sua fuga, durante i quali nessuno l'ha visto e nulla si è saputo di lui. Ebbene, è inconcepibile che sia potuto restare nella brughiera per tutto questo periodo di tempo. Naturalmente, per quanto riguarda il fatto che sinora non sia stato trovato non sorge alcuna perplessità, poiché una qualsiasi di queste costruzioni di pietra potrebbe fornirgli un ottimo nascondiglio. Ma non dovrebbe aver trovato nulla da mangiare, a meno che non sia riuscito a far fuori qualche pecora di brughiera. Qui, pertanto, è opinione generale che si sia allontanato dai paraggi, e gli agricoltori che vivono nelle località più lontane dormono adesso, naturalmente, sonni migliori.

Al Maniero siamo in quattro uomini validi, quindi, all'occorrenza, sapremmo difenderci; ma vi confesso che ho passato momenti di vera inquietudine al pensiero degli Stapleton. Costoro vivono a chilometri di distanza, isolati da ogni possibile aiuto. C'è una cameriera, un vecchio domestico, e poi la sorella e il fratello, quest'ultimo senza dubbio non molto robusto. Non avrebbero avuto letteralmente difese da opporre a questo criminale di Notting Hill, nel caso costui avesse tentato un'azione di forza contro di loro. Sir Henry e io eravamo molto preoccupati per loro, e si era pensato di mandare a dormire da loro Perkins, lo staffiere, ma Stapleton non ha voluto saperne.

In realtà, il nostro amico baronetto comincia a dimostrare molto interesse per la nostra bella vicina. La cosa non mi meraviglia, poiché il tempo scorre lentamente in questo posto isolato, soprattutto per un uomo energico come lui, mentre, dal canto suo, la signorina Stapleton è una donna bellissima, affascinante. Vi è in lei qualcosa di tropicale, di esotico, nettamente in contrasto con la freddezza del fratello, per nulla emotivo. Eppure ho l'impressione che anche in lui covino fuochi nascosti.

È indubbio che Stapleton esercita sulla sorella una influenza notevole, poiché l'ho sorpresa spesso a guardarlo continuamente quando parla, quasi a cercare la sua approvazione a ogni cosa che dice. Spero che sia gentile con lei. C'è un bagliore freddo nei suoi occhi e un atteggiamento risoluto nelle sue labbra sottili, che suggeriscono una natura volitiva e forse anche un tantino aspra. Penso che voi trovereste Stapleton un soggetto interessante.

È stato qui a trovare Baskerville il giorno successivo al nostro arrivo, e la mattina dopo ci ha portati tutt'e due a visitare il luogo dove si ritiene abbia avuto origine la leggenda del malvagio Hugo. È stata una gita di alcuni chilometri attraverso la brughiera, sino a un punto talmente desolato che non mi stupisce che abbia potuto dare origine a quella leggenda. Abbiamo attraversato una breve valle, tra massi enormi, sino a uno spiazzo aperto erboso, tutto trapunto di bianca erba serica. In mezzo si levano due grandi pietre, erose e appuntite nella loro estremità superiore tanto da assomigliare alle enormi zanne taglienti di un qualche animale mostruoso. Corrisponde punto per punto alla scena descritta dall'antica leggenda. Sir Henry ne è stato molto colpito e ha chiesto ripetutamente a Stapleton se ritenesse possibile un intervento soprannaturale nelle vicende umane.

Ne parlava con leggerezza, ma era chiaro che quel tono distratto nascondeva una profonda preoccupazione. Stapleton gli ha risposto con cautela, ma era facile capire che diceva meno di quanto avrebbe potuto, e che non voleva esprimere interamente la propria opinione per riguardo ai sentimenti del baronetto. Ci ha narrato di casi analoghi, in cui famiglie intere avevano sofferto d'influssi malefici, e ci ha lasciato con l'impressione che anche lui la pensasse né più né meno come il popolino.

Al ritorno ci siamo fermati a mangiare a Merripit House, e qui Sir Henry ha fatto la conoscenza della signorina Stapleton. Ne è stato come folgorato sin dal primo istante, e, se non m'inganno, credo si tratti di un sentimento ricambiato. Ha parlato spesso di lei durante il nostro ritorno a casa, e da allora non è quasi mai passato un giorno senza che ci s'incontrasse o con il fratello o con la sorella. Questa sera cenano qui, e c'è già il progetto che la prossima settimana si vada noi da loro. Un fidanzamento tra i due dovrebbe essere visto di buon occhio da Stapleton, e, invece, ho colto più di una volta delle occhiate di vivissima disapprovazione quando Sir Henry rivolge qualche complimento a Beryl – così si chiama la sorella. Certo Stapleton le è molto affezionato, e senza di lei la sua vita sarebbe eccessivamente solitaria; ma mi parrebbe il colmo dell'egoismo se le impedisse di fare un matrimonio così brillante. Comunque sono convinto che Stapleton non desidera affatto che tra loro la simpatia si trasformi in amore, e sempre più spesso mi accorgo che fa di tutto per impedire che i due restino da soli. A proposito, le vostre raccomandazioni, mio caro Holmes, perché io non permetta mai a Sir Henry di uscire solo, diventeranno per me un problema se a tutte le altre difficoltà si dovesse aggiungere anche questo innamoramento. Se fossi costretto a eseguire i vostri ordini alla lettera, ne scapiterebbe la mia reputazione.

L'altro giorno, giovedì, per essere esatti, è venuto a mangiare da noi il dottor Mortimer. Era stato a scavare un vecchio tumulo a Long Down e aveva portato alla luce con grande gioia un teschio preistorico. Non ho mai visto un uomo così sinceramente entusiasta come lui. Più tardi sono arrivati gli Stapleton e il bravo dottore, su richiesta di Sir Henry, ci ha guidato al Viale dei Tassi per mostrarci cosa sia esattamente accaduto quella notte fatale. È un lungo viale tetro che corre tra due alte pareti di tassi, con in mezzo la ghiaia e ai lati una striscia d'erba. In fondo, un vecchio padiglione in rovina. A mezza strada, il cancelletto che dà sulla brughiera, e quello è il punto in cui il vecchio Baskerville ha fatto cadere la cenere del sigaro. È un cancelletto bianco, di legno, chiuso da un catenaccio. Oltre, la brughiera sconfinata. Ricordavo la vostra teoria in proposito e ho cercato di ricostruire quanto era accaduto. Mentre era lì, il vecchio Sir Charles deve aver visto qualcosa sopraggiungere dalla brughiera, qualcosa di così terrificante che ha perso la testa e si è messo a correre, correre via, tanto da morire dallo sforzo e dalla paura. Era quello il cupo, lungo tunnel che aveva percorso fuggendo. E da cosa mai? Un cane pastore della brughiera? O una bestia spettrale, nera, silenziosa e terribile? È possibile l'intervento umano in tutto questo? Che il pallido, ambiguo Barrymore ne sappia più di quanto ha sostenuto? Anche se tutto appare vago, incerto, l'ombra del delitto incombe nell'aria.

Da quando vi ho scritto l'ultima volta, ho conosciuto un altro vicino. Si tratta del signor Frankland, di Lafter, che abita a circa sette chilometri a sud del castello. È un uomo ormai d'età, con i capelli bianchi, la faccia rossa, piuttosto collerico. Va matto per la legge britannica e ci ha rimesso quasi una fortuna per la mania di intentare cause a destra e a sinistra. Lotta per il puro piacere di lottare, pronto a sostenere ora una parte, ora l'altra in qualsiasi causa e non c'è, quindi, da meravigliarsi che il suo divertimento alla lunga risulti costoso. A volte, chiude un diritto di passaggio per sfidare il Comune a riaprirlo. Altre volte abbatte con le sue mani il cancello di qualche proprietà, rivendicando l'esistenza da secoli in quel punto di un sentiero aperto al passaggio e sfida il proprietario a fargli causa se lui l'oltrepassa! Sa tutto sulle proprietà fondiarie e demaniali: a volte, applica la sua scienza a favore degli abitanti di Fernworthy e a volte contro di loro. Con il risultato che a volte capita che venga portato in trionfo lungo la strada del villaggio, e a volte capita che veda bruciata in piazza la sua effigie, secondo quel che ha combinato. Attualmente pare che abbia circa sette cause per le mani e questo probabilmente gli costerà il resto del patrimonio, così finirà per non aver più frecce al suo arco e sarà ridotto all'inoffensività sino alla conclusione dei suoi giorni. A parte la mania per la legge, l'ho trovato buono e gentile e l'ho nominato solo perché mi avete raccomandato di descrivervi i nostri vicini. Al momento, Frankland, che si diletta anche d'astronomia, va pazzo per il suo potente telescopio. L'ha piazzato sul tetto di casa e passa ore intere appollaiato a scrutare la brughiera, nella speranza di scorgere il criminale evaso. Nulla di male se si limitasse a questo, ma si dice che intenda anche fare causa al dottor Mortimer per avere aperto una tomba senza il consenso dei parenti del defunto; il guaio è che Mortimer ha portato alla luce un teschio neolitico! Queste storie servono a rompere la monotonia della nostra vita e apportano una nota comica da queste parti dove, vi assicuro, ce n'è proprio un gran bisogno.

E ora che vi ho ragguagliato per quanto concerne l'evaso, gli Stapleton, il dottor Mortimer, nonché Frankland, veniamo ai Barrymore, specie dopo i sorprendenti sviluppi della notte scorsa.

Prima di tutto, per quel che riguarda il telegramma che avevate mandato da Londra per assicurarvi che Barrymore fosse veramente a casa, vi ho già spiegato che la testimonianza del postino non poteva costituire una prova decisiva. L'ho riferito anche a Sir Henry, che sui due piedi, com'è nella sua natura impulsiva, ha chiamato Barrymore e gli ha domandato se avesse ricevuto personalmente il telegramma. Barrymore ha risposto di sì.

«Il ragazzo l'ha consegnato proprio nelle vostre mani?» ha insistito Sir Henry.

Barrymore, sorpreso, ha riflettuto per qualche istante.

«No» ha risposto alla fine. «Ero in soffitta, me l'ha consegnato mia moglie.»

«E avete spedito personalmente il telegramma di risposta?»

«No, ci ha pensato mia moglie.»

La sera Barrymore è tornato sull'argomento. «Mi sfugge lo scopo delle vostre domande, Sir Henry» ha detto. «Spero di non avere fatto nulla che possa dispiacervi.»

Sir Henry ha dovuto rassicurarlo, anzi per tranquillizzarlo del tutto gli ha regalato il suo vecchio guardaroba, dal momento che nel frattempo è arrivato da Londra quello nuovo.

Non vi nascondo che mi interessa molto la signora Barrymore. È una donna semplice, solida, estremamente ligia e puritana. Difficile trovare una persona meno emotiva di lei. Eppure, come vi ho già raccontato, la notte del nostro arrivo, l'ho sentita singhiozzare disperatamente e da allora mi è capitato più di una volta di riscontrare tracce di lacrime sulla sua faccia. Deve tormentarla qualche grosso dispiacere. Mi chiedo se non sia un rimorso a perseguitarla, oppure se la colpa sia di Barrymore, che forse, tra le mura domestiche, si comporta da tiranno. Sin dal primo momento, ho notato qualcosa di strano in quest'uomo, ma l'avventura dell'altra notte ha rafforzato i miei sospetti.

Di per sé, la cosa può apparire di scarsa importanza. Sapete che ho il sonno molto leggero, e, dato che da quando sono approdato in questa casa ho sempre i nervi all'erta, i miei sonni sono diventati più leggeri che mai. La notte scorsa, dunque, verso le due della mattina mi ha svegliato il rumore di un passo furtivo vicino alla mia camera. Mi sono alzato, ho socchiuso l'uscio e ho spiato all'esterno. Una lunga ombra nera si proiettava nel corridoio. Un uomo incedeva a passi felpati, reggendo in mano una candela. Era in maniche di camicia e a piedi scalzi. Ne ho appena intravisto il profilo, ma dalla statura ho giudicato non poter trattarsi che di Barrymore. Avanzava con misurata lentezza e con massima circospezione, e da tutto il suo contegno risultava un che di indescrivibilmente colpevole e furtivo.

Vi ho spiegato che il corridoio è interrotto dalla balconata, che corre intorno al vestibolo, per poi riprendere sull'altro lato. Ho aspettato finché quel tizio non è scomparso dalla vista, quindi l'ho seguito. Quando sono arrivato alla curva della balconata, lui aveva già raggiunto il capo estremo del corridoio, e ho capito dalla striscia di tremula luce che giungeva da una porta aperta che doveva essere entrato in una di quelle stanze. Sono tutte stanze vuote e disabitate, e per questo la spedizione notturna mi è parsa più misteriosa che mai. La luce era ora ferma, come se Barrymore fosse immobile, in piedi. Sono strisciato lungo le pareti del corridoio il più silenziosamente possibile e ho guardato oltre lo stipite della porta.

Barrymore era accovacciato presso la finestra, e teneva la candela contro il vetro. Lo vedevo di profilo, che era rigido, impietrito come se volesse forare con lo sguardo l'oscurità della brughiera notturna. È restato lì immobile per qualche momento, lo sguardo fisso, intenso, poi ha emesso un gemito soffocato e ha spento la luce con un gesto d'impazienza. Subito mi sono ritirato verso la mia stanza, e, poco dopo, ho risentito quello stesso passo furtivo. Molto più tardi, quando mi ero ormai abbandonato a un leggero sonno, ho sentito una chiave girare nella toppa in qualche punto della casa, ma non mi sarebbe stato possibile dire da dove provenisse esattamente il rumore. Non so immaginare che significato abbia tutto questo, ma in questa lugubre dimora sta accadendo di sicuro qualcosa di strano e prima o poi dovremo sviscerarne il segreto. Non voglio tediarvi con teorie di mia invenzione, dato che mi avete chiesto di fornirvi unicamente dei fatti. Stamani ho avuto una lunga conversazione con Sir Henry, e insieme abbiamo formulato un piano di azione fondato sulle mie osservazioni della notte scorsa. Per ora non vi parlerò di questo, ma nel mio prossimo resoconto spero di poter essere esaustivo.

9
Luce nella brughiera
Secondo resoconto del dottor Watson

Maniero dei Baskerville,
15 ottobre

Mio caro Holmes,

se sono stato costretto a lasciarvi senza notizie durante i primi giorni della mia missione, dovrete riconoscere che sto riguadagnando il tempo perduto, e che gli avvenimenti si vanno rapidamente accumulando. Nel mio primo resoconto ho concluso con il particolare di Barrymore alla finestra, e ora ho un'altra notizia che credo vi sorprenderà abbastanza. Le cose hanno preso una piega che io non avrei saputo prevedere. In un certo senso, tutto si è schiarito nelle ultime quarantotto ore, mentre in un certo altro senso tutto si è andato invece complicando. Ma vi racconterò ogni cosa per filo e per segno in modo che possiate giudicare da solo.

La mattina successiva alla mia avventura notturna, prima dell'ora di colazione, mi sono incamminato lungo il corridoio per ispezionare la stanza in cui Barrymore aveva indugiato la notte precedente. La finestra occidentale, attraverso la quale lo avevo visto guardare con tanta attenzione, possiede, come ho potuto constatare, una caratteristica che la distingue dalle altre finestre della casa: domina, infatti, tutto il panorama della brughiera. C'è un'apertura tra due alberi che consente da questo punto di guardare dritto davanti, mentre dalle altre finestre si può avere solo una visione incerta e lontana. Ne consegue, quindi, che Barrymore doveva essere stato in quella stanza in cerca di qualcosa o di qualcuno che si trovava in quel momento nella brughiera, essendo quella finestra l'unica della casa in grado di servire al suo scopo. La notte era stata molto buia, così non sapevo immaginare come avesse potuto sperare di vedere qualcosa. Mi è passato per la testa che, insomma, ci fosse di mezzo una donna, solo questo avrebbe spiegato le sue spedizioni notturne e la disperazione della moglie tradita. In fin dei conti, Barrymore è un uomo attraente, ha tutte le carte in regola per rubare il cuore di una ragazza di campagna e, quindi, la mia teoria poteva anche reggere. E la porta che avevo sentito aprirsi quand'ero tornato in camera si spiegava forse con qualche convegno amoroso. Ecco cosa pensavo la mattina, tanto per dirvi in che direzione si orientavano i miei sospetti, anche se poi mi è stato dato torto dai fatti.

Ma qualsiasi potesse risultare il vero motivo del comportamento di Barrymore, non me la sentivo di addossarmi la responsabilità di tacere ogni cosa sinché non avessi scoperto la verità. Così, finito di far colazione, mi sono presentato nello studio del baronetto e gli ho spiattellato quanto avevo visto. Si è mostrato meno sorpreso di quanto mi aspettassi.

«Sapevo che Barrymore girava per casa di notte e avevo già pensato di scambiar quattro chiacchiere con lui» ha detto. «Mi è capitato due o tre volte di sentire i suoi passi nel corridoio, andata e ritorno, sempre alla stessa ora.»

«Forse ha un appuntamento ogni notte con quella finestra» ho suggerito.

«Forse. Se è così, potremmo seguirlo e scoprire cosa c'è sotto. Chissà come si comporterebbe il vostro amico Holmes se fosse qui.»

«Penso che si comporterebbe esattamente come avete appena detto voi» ho risposto. «Seguirebbe Barrymore per vedere cosa fa.»

«È quanto faremo noi due.»

«Ma potrebbe sentirci.»

«È un poco sordo e, d'altra parte, un poco dobbiamo rischiare per forza. Stanotte aspetteremo in camera mia, sinché non lo sentiremo passare.» Sir Henry si è fregato le mani tutto contento; evidentemente l'avventura gli appariva come un diversivo alla monotonia della vita nella landa.

Il baronetto si è messo in contatto con l'architetto che ha presentato i progetti a Sir Charles e anche con un'impresa di Londra, al più presto potremo veder grandi cambiamenti da queste parti. Son già venuti decoratori e mobilieri da Plymouth, ed è chiaro che il nostro amico ha progetti ambiziosi, non intende risparmiar fatiche o denaro pur di resuscitare lo splendore del casato. Quando tutto sarà rimesso a posto, ci mancherà una moglie per completare il quadro. Detto tra noi, non passerà molto tempo, se la signorina è d'accordo, perché non ho mai visto un uomo così infatuato di una donna come lo è il nostro amico della nostra bella vicina. Eppure quest'amore non procede liscio come dovrebbe. Oggi, per esempio, c'è stata una brusca e quanto mai imprevista battuta d'arresto, che ha causato al nostro amico dispiacere, nonché qualche notevole perplessità.

Dopo la conversazione a proposito di Barrymore che vi ho riportato, Sir Henry si è messo il cappello, preparandosi a uscire. Naturalmente, l'ho subito imitato.

«Come, Watson, venite anche voi?» ha domandato guardandomi in modo strano.

«Dipende se andate in brughiera» ho risposto.

«Sì, ci vado.»

«Ebbene, sapete che devo eseguire degli ordini. Mi dispiace interferire, ma avete sentito anche voi che Holmes ha insistito perché non vi lasciassi mai solo, specialmente se andate nella brughiera.»

Sir Henry sorridendo mi ha posto una mano sulla spalla.

«Mio caro amico, bisogna riconoscere che Holmes, con tutta la sua capacità d'intuizione, non ha previsto alcune cose che sono capitate da quando sono qui. Mi intendete? Sono sicuro che siete l'ultima persona al mondo che desideri fare il guastafeste. È necessario che vada da solo.»

Ero in difficoltà, non sapevo cosa fare o cosa dire e, prima che riuscissi a decidermi, lui ha afferrato il bastone e ha tagliato la corda.

Ma, ripensandoci, mi sono amaramente pentito di averlo

lasciato andare da solo. E se gli fosse successo qualcosa? Al solo pensiero che avrei dovuto ammettere di non avere eseguito le vostre istruzioni, mi son sentito avvampare. Forse facevo ancora in tempo a raggiungerlo. Mi sono precipitosamente incamminato alla volta di villa Merripit.

Ho fatto quasi di corsa tutta la strada, ma di Sir Henry neppure l'ombra. Alla fine sono arrivato nel punto in cui c'è il sentiero che si dirama verso la brughiera e lì, pensando di avere sbagliato strada, sono salito su una collina da dove potessi dominare la situazione. La collina era quella tetra della cava. Da lassù l'ho visto subito. Era sul sentiero, a circa quattrocento metri, e al suo fianco c'era una donna, che non poteva essere che la signorina Stapleton. Era chiaro che si erano dati appuntamento. Camminavano lentamente, immersi in un'animata conversazione: lei gesticolava nervosamente, a sostegno delle proprie parole, mentre lui ascoltava intento, scuotendo ogni tanto il capo con decisione in segno di dissenso. Li osservavo, nascosto dalle rocce, e avvertivo un vero disagio e una terribile indecisione. Avvicinarmi ulteriormente a rischio d'interrompere l'intimità del colloquio mi pareva davvero eccessivo, eppure il mio preciso dovere era proprio non perdere mai di vista il baronetto. Era odioso dover spiare un amico. Non vedevo altra soluzione che seguire le sue mosse dall'alto della collina e per avere la coscienza tranquilla, gli avrei confessato poi la mia indiscrezione. È vero che, se un improvviso pericolo l'avesse minacciato, ero troppo lontano per essergli d'aiuto, ma capirete che mi trovavo in una situazione impossibile, ero totalmente impotente.

Il nostro amico, Sir Henry, e la signorina si erano fermati sul sentiero, più che mai presi dalla conversazione, quando mi sono accorto d'improvviso di non essere l'unico testimone di quel colloquio. Qualcosa di verde che si muoveva nell'aria aveva attirato il mio sguardo, e mi è bastata un'occhiata più attenta per capire che quel movimento di verde era sostenuto da un bastone e il bastone era portato da un uomo che si muoveva, a sua volta, sul terreno tormentato. Era Stapleton col suo acchiappafarfalle. Era ormai vicinissimo ai due, e pareva puntar su di loro.

In quel momento Sir Henry aveva attirato improvvisamente a sé la signorina Stapleton. L'aveva già cinta col braccio, ma mi era parso che lei cercasse di svincolarsi. L'istante successivo li ho visti separarsi bruscamente e voltarsi di scatto. La causa era Stapleton. Correva verso di loro come un pazzo, mentre la ridicola rete verde gli penzolava sulla schiena. Per l'emozione gesticolava e quasi danzava di fronte ai due innamorati. Non mi era possibile immaginare cosa significasse quella scena, ma ho avuto l'impressione che Stapleton insultasse Sir Henry, che tentava di scusarsi con spiegazioni sempre più risentite via via che l'altro si rifiutava di accettarle. La signorina si era tratta in disparte, in un silenzio altero. Stapleton, alla fine, ha girato sui tacchi e ha fatto alla sorella un gesto perentorio e lei, dopo aver lanciato a Sir Henry un'occhiata risoluta, si è allontanata al fianco del fratello. Dai gesti collerici di Stapleton, si capiva che il naturalista ce l'aveva anche con la signorina. Il baronetto è restato a guardarli per un poco, quindi è tornato lentamente lungo il cammino che aveva percorso, a testa bassa, vivente immagine dell'abbattimento.

Continuava a sfuggirmi il significato dell'accaduto, ma provavo un profondo rimorso per essere stato testimone di una scena così intima, a insaputa del mio amico. Mi sono affrettato così a discendere dall'altura e ho incontrato il baronetto ai piedi dell'altura stessa. La sua faccia era paonazza per la collera, aveva le sopracciglia aggrottate: in una parola il suo era l'aspetto di chi si trova ai limiti della pazienza.

«Salve, Watson! Da dove sbucate?» mi ha detto. «Non vorrete farmi credere che mi avete seguito, nonostante il mio preciso rifiuto!»

Gli ho spiegato tutto: come non avevo avuto il coraggio di restarmene a casa, come lo avevo seguito, come infine avevo assistito a quanto era successo. Per un istante i suoi occhi hanno cercato di incenerirmi, poi la sua collera è stata disarmata dalla mia franchezza, e infine è scoppiato in una risata non priva di una punta di malinconia.

«Avevo immaginato il posto abbastanza tranquillo e isolato perché un uomo ci potesse stare in pace a pensare ai fatti suoi» disse «ma, accidenti, a quel che pare, tutto il paese se n'è venuto fuori ad assistere al mio corteggiamento. Bel corteggiamento, maledizione. Voi dove avevate prenotato?»

«Ero su quella collina.»

«Ah! Nelle ultime file, dunque! Il fratellino, invece, era nelle prime. Avete visto come ci è venuto addosso?»

«Sì.»

«Non vi è mai passato per la mente che deve essere un poco matto quel tipo?»

«Veramente non me n'ero mai accorto.»

«Neppure io! Sino a oggi lo avevo giudicato abbastanza normale, ma vi do la mia parola d'onore che o lui o io dobbiamo essere soggetti da camicia di forza! Bisogna decidere. Ma io cos'ho che non va? Voi ormai vivete con me da alcune settimane, Watson! Ditemi la verità! Trovate che abbia qualcosa che può impedirmi di risultare un buon marito per la donna che amo?»

«Direi proprio di no.»

«Non può certo aver qualcosa a ridire circa la mia situazione finanziaria, quindi il fratellino non può avercela che con la mia persona. Cos'ha, dunque, contro di me? Che io sappia, non ho mai torto un capello a nessuno: eppure mi ha detto che non mi permette neppure di sfiorarle la punta delle dita.»

«Questo ha detto?»

«Questo, e altro ancora. Vi assicuro, Watson, che la conosco solo da poche settimane, ma ho avuto sin dal primo momento la certezza che quella donna era fatta per me, e anche lei... anche lei era felice quando stava con me, son pronto a giurarci. In certi momenti gli occhi di una donna si riempiono di una luce molto, molto più eloquente di un fiume di parole. Ma lui non ci ha mai permesso di restare insieme, e solo oggi per la prima volta avevo intraveduto la speranza di poter scambiare con lei qualche parola da solo. Lei pareva contenta di vedermi, ma poi mi ha detto che non era per amore che era venuta a parlarmi, e certo, se fosse riuscita a interrompermi, non mi avrebbe permesso di rivelarle i miei sentimenti. Ha tentato continuamente di ripetermi che questo è un posto pericoloso, e che sarebbe stata tranquilla solo quando me ne fossi andato. Io le ho risposto che dal momento in cui l'avevo vista, avevo perso qualsiasi fretta di partire, e che, se veramente desiderava che me ne andassi, l'unica maniera per farmi partire era che mi accompagnasse lei. Con questo le ho offerto in poche parole di sposarla, ma, prima che potesse rispondermi, ecco precipitarsi su di noi il fratello con una faccia da pazzo. Era letteralmente bianco di collera, e quei suoi occhi di solito così smorti fiammeggiavano di rabbia. Cosa c'entravo io con sua sorella? Come osavo farla oggetto delle mie disgustose attenzioni? Credevo forse che, perché nobile, mi fosse permesso far quel che mi pareva e piaceva? Se Beryl non fosse stata presente, gli avrei risposto come si meritava. Purtroppo, ho dovuto limitarmi a dirgli che i miei sentimenti nei confronti di sua sorella erano tali ch'io non avevo nulla di cui vergognarmi, e che mi auguravo che lei mi onorasse diventando mia moglie. Ma queste mie proposte non lo hanno per nulla calmato, e così, alla fine, ho perso anch'io la pazienza e gli ho replicato più vivacemente di quanto non volessi, considerando anche che la signorina era presente. La scenata, dunque, è finita come avete visto anche voi: se ne sono andati via insieme, e io mi ritrovo qui perplesso e imbarazzato come un cretino. Spiegatemi un poco cosa significa questa storia, Watson, e io vi sarò ancora più debitore di quanto già non sia.»

Ho tentato di fornirgli un paio di spiegazioni attendibili, ma francamente ero meravigliato e stupito quanto Sir Henry. Il titolo del nostro amico, la sua fortuna, la sua età, il suo carattere, la sua presenza fisica, tutto giocava a suo favore, e contro di lui non avrei saputo trovare assolutamente nulla, a meno che non si trattasse dell'oscuro destino incombente sulla sua famiglia. È veramente stupefacente che le sue proposte siano state respinte con tanta durezza, senza neppure cercar di conoscere la volontà della signorina, ed è ancora più stupefacente che la signorina abbia accettato una simile situazione senza protestare.

Il nostro almanaccare venne interrotto da una visita di Stapleton in persona questo pomeriggio stesso. Era venuto a scusarsi per il comportamento di qualche ora prima, e, dopo una lunga conversazione privata tra lui e Sir Henry nello studio di quest'ultimo, il dissidio risulta completamente sanato e siamo invitati a pranzare a Merripit House venerdì prossimo per festeggiare questa riconciliazione.

«Non che non sia matto,» mi ha spiegato Sir Henry «non potrò mai dimenticare l'espressione dei suoi occhi quando mi ha investito stamani, ma devo riconoscere che nessuno avrebbe potuto offrire scuse più dignitose di quelle presentatemi da lui questo pomeriggio.»

«Ha spiegato le ragioni della sua condotta?»

«Sua sorella è tutto per lui, mi ha detto. Questo è abbastanza naturale, e sono lieto che lui ne apprezzi i meriti. Sono sempre vissuti insieme, e, da quanto mi dice, è sempre stato un uomo molto solo, la sorella è sempre stata la sua unica compagnia, e il pensiero di perderla gli è veramente insopportabile. Non si era accorto, mi ha detto, che mi stavo affezionando a Beryl, ma, quando ha capito come stavano effettivamente le cose, e ha temuto che forse lei gli sarebbe stata tolta, il colpo è stato tale che per qualche istante non si è reso conto di quello che faceva e diceva. Era molto addolorato dell'accaduto, e ha ammesso che, da parte sua, sarebbe stato sciocco ed egoistico pensare di tenere legata a sé, per tutto il resto della vita, una donna bella come sua sorella. Dal momento che era inevitabile che prima o poi dovesse lasciarlo, preferiva che fosse per un vicino quale sono io piuttosto che per chiunque altro. Comunque, questo è per lui un grande colpo, e gli occorrerà del tempo per abituarsi alla realtà di questo fatto nuovo. È pronto a ritirare ogni obiezione da parte sua, se gli prometto di lasciar stare le cose come sono per un periodo di tre mesi, accontentandomi in questo lasso di tempo di coltivare l'amicizia di Beryl senza pretender da lei amore. Naturalmente, ho promesso, e in questo senso ci siamo perfettamente accordati.»

Ecco così chiarito uno dei nostri tanti piccoli problemi. È già qualcosa esser arrivati in fondo, almeno in un punto del pantano in cui ci stiamo dibattendo. Sappiamo finalmente perché Stapleton vedesse di cattivo occhio il pretendente della sorella... anche se questo pretendente è un partito invidiabile quale Sir Henry. E ora vengo a un altro filo che son riuscito a districare da questa imbrogliata matassa: ovvero al mistero dei singhiozzi notturni, della faccia distrutta dalle lacrime della signora Barrymore, delle furtive scappate notturne del maggiordomo alla finestra occidentale. Fatemi le congratulazioni, caro Holmes, e ditemi che non vi ho deluso come investigatore, che non rimpiangete la fiducia dimostratami inviandomi quaggiù. Questa parte di quesiti è stata completamente risolta con una sola notte di lavoro.

Ho detto "con una sola notte di lavoro", ma, a dire la verità, sono occorse due notti, perché nella prima non abbiamo concluso nulla. Sono restato alzato con Sir Henry, nella sua stanza, sino alle tre della mattina circa, ma non abbiamo sentito nulla, nessun rumore di sorta, a eccezione dei rintocchi della pendola in cima alle scale. È stata una veglia estremamente malinconica, e si è conclusa in una sonora dormita di tutt'e due lì dove sedevamo. Per fortuna non ci siamo persi di coraggio, e abbiamo deciso di riprovarci. La sera successiva abbiamo abbassato la lampada e ci siamo messi a fumare sigarette, senza fare il benché minimo rumore. È incredibile con quanta lentezza possano passare le ore, e, tuttavia, siamo stati aiutati a superare la stanchezza da quello stesso paziente interesse che deve indubbiamente provare il cacciatore quando sorveglia la tagliola in cui spera che possa cadere la selvaggina. Un rintocco, un altro, e già quasi disperavamo per la seconda volta, quando improvvisamente siamo balzati in piedi, con tutti i nostri sensi ancora una volta acutamente all'erta. Avevamo inteso nel corridoio quel frusciare di passi.

Lo abbiamo ascoltato allontanarsi furtivo e morire in distanza. Allora il baronetto ha socchiuso piano la porta, poi ci siamo buttati insieme all'inseguimento. Già il nostro uomo era passato nella galleria, e il corridoio era tutto immerso nelle tenebre. Avanzavamo cauti e silenziosi. Arrivati nell'altra ala, abbiamo avuto giusto il tempo di afferrare la fugace visione dell'alta figura barbuta, dalle spalle curve, che procedeva in punta di piedi nel corridoio. Quindi, l'abbiamo visto entrare come la prima volta in quella medesima stanza, e la luce della candela filtrava dalla fessura della porta, illuminando parzialmente il corridoio. Abbiamo proseguito con circospezione in direzione della porta, saggiando ogni asse dell'impiantito prima di osare di appoggiarci sopra tutto il nostro peso. Avevamo avuto cura di toglierci le scarpe, ma anche così le vecchie tavole gemevano e scricchiolavano sotto i nostri passi. A volte, ci pareva impossibile che l'uomo non ci sentisse, ma, per fortuna, è un poco sordo, ed evidentemente era troppo occupato in quanto stava facendo. Quando finalmente siamo arrivati sulla soglia lo abbiamo visto accovacciato alla finestra con la candela in mano, la pallida faccia, schiacciata contro il vetro, nella identica posizione in cui lo avevo sorpreso due notti prima.

Non avevamo predisposto alcun piano di attacco, ma Sir Henry è un uomo per cui la via più naturale è sempre quella più diretta. È penetrato con decisione nella stanza, mentre Barrymore si scostava con un balzo dalla finestra lanciando come un sibilo acuto dalle labbra, e sostando livido e tremante davanti a noi. I suoi occhi cupi, che luccicavano sull'esangue maschera del viso, erano carichi di spavento e di stupore, mentre il suo sguardo fissava esterrefatto ora Sir Henry, ora me.

«Cosa state facendo qua, Barrymore?»

«Nulla, Sir Henry.» Era talmente agitato che stentava ad aprir bocca, e la mano che impugnava la candela tremava talmente che lunghe ombre ne balzavano su e giù tutt'attorno a lui. «Ero alla finestra: faccio sempre un giro la notte per vedere se sono ben sprangate.»

«Al secondo piano?»

«Sì, Sir Henry, ispeziono sempre tutte le finestre.»

«Sentite un poco, Barrymore,» Sir Henry aveva un tono severo «abbiamo deciso di sapere da voi la verità, quindi vi risparmierete molta fatica se ce la direte subito. Su, andiamo! Basta con le frottole! Cosa stavate facendo a quella finestra?»

Il disgraziato ci guardava con aria smarrita, torcendosi le mani come chi si trova al colmo dell'incertezza e della disperazione.

«Non facevo nulla di male, Sir Henry! Tenevo accostata una candela alla finestra.»

«E perché tenevate accostata una candela alla finestra?»

«Non chiedetemelo, Sir Henry... non chiedetemelo. Vi do la mia parola d'onore che si tratta di un segreto non mio, e che, quindi, non posso rivelarvelo. Se si trattasse di me non vi nasconderei nulla.»

In quel momento ho avuto una ispirazione improvvisa, e ho tolto la candela dal davanzale dove era stata posta dal maggiordomo.

«Doveva trattarsi certamente di un segnale» ho detto. «Vediamo se otteniamo una risposta.»

Tenendo la candela come l'aveva tenuta Barrymore, mi sono messo a fissare le tenebre della notte. Discernevo vagamente la nera massa degli alberi e la più chiara vastità della brughiera, poiché la luna si trovava dietro le nuvole. E a un tratto ho lanciato un grido di esultanza, poiché una minuscola luce gialla, piccola come una capocchia di spillo, aveva improvvisamente trafitto quel cupo velo e scintillava nitida al centro del riquadro nero della finestra.

«Eccolo!» ho esclamato.

«No, no, signore, non è nulla... assolutamente nulla» ha interrotto il maggiordomo. «Ve l'assicuro, signore...»

«Muovete la candela in senso orizzontale, Watson!» ha gridato il baronetto. «Vedete, anche l'altra luce si muove. E ora, mascalzone, vorrete ancora negare che non si tratta di un segnale? Su, parlate! Chi è il vostro complice laggiù, e che cosa significano questi segnali?»

La faccia dell'uomo aveva assunto un'espressione di aperta sfida. «È affar mio, non vostro. Non vi dirò nulla.»

«Allora ve ne andrete di qua sui due piedi.»

«Come volete! Se è necessario, è necessario.»

«E ve ne andrete malamente, accidenti, dovreste provar vergogna di voi stesso! Da cento anni e più la vostra famiglia vive con la mia sotto questo tetto, ed ecco che vi scopro a complottare chissà quale porcheria contro di me!»

«No, no, Sir Henry! Non contro voi!»

Era una voce di donna. La signora Barrymore, più pallida

e ancora più smarrita del marito, era comparsa sulla soglia. La sua figura massiccia in sottoveste, malamente avvolta in uno scialle, sarebbe stata comica, se non fosse stato per l'intensità dell'emozione che le si leggeva in faccia.

«Dobbiamo andarcene, Elisa. È la fine. Puoi fare le nostre valigie» le ha detto il marito.

«Oh, John, John, tutto per colpa mia! La colpa è tutta mia, Sir Henry... tutta mia. Lui non c'entra per nulla: lo ha fatto per amor mio, e solo perché io gliel'ho chiesto.»

«Su, parlate dunque! Cosa significa questa storia?»

«Il mio sciagurato fratello sta morendo di fame nella brughiera. Non possiamo lasciarlo morire proprio qui davanti alla nostra porta. Quella luce è un segnale che gli facciamo per dirgli che il cibo è pronto per lui, e quella luce laggiù indica il punto in cui noi dobbiamo portarglielo.»

«Allora vostro fratello è...»

«Il forzato evaso... sì, Sir Henry... è Selden, l'assassino.»

«Questa è la verità, Sir Henry» ha confermato Barrymore. «Vi avevo detto che non si trattava di un segreto mio, e che io non avevo diritto di rivelarvelo. Ma ora che sapete, comprenderete come non si tratti affatto di una congiura contro di voi.»

Questa era, dunque, la spiegazione delle furtive spedizioni notturne e della luce alla finestra! Sir Henry e io eravamo sbalorditi. Era mai possibile che quella creatura dall'aspetto rispettabile fosse dello stesso sangue da cui era uscito uno dei più temibili criminali d'Inghilterra?

«Sissignore, da ragazza facevo Selden di cognome, e quello è il mio fratello più giovane. Quand'era ragazzo gli abbiamo dato troppi vizi, accontentandolo in tutto e per tutto, sinché ha finito con il pensare che il mondo era fatto per il comodo suo, e che a lui era tutto permesso. Poi, quando è cresciuto, ha incontrato cattive compagnie, e il demonio si è impossessato di lui, tanto che ha spezzato il cuore di mia madre e ha trascinato il nostro nome nel fango. È sceso sempre più in basso lungo la china del male, e solo la misericordia di Dio lo ha salvato dalla forca; ma per me, Sir Henry, è sempre restato il bambinetto ricciuto con cui giocavo e che sorvegliavo, da sorella maggiore! Ecco perché è evaso, Sir

Henry. Sapeva che mi trovavo qui e che non mi sarei rifiutata di aiutarlo. Quando si è trascinato sin qua una sera, stanco, affamato, con le guardie alle calcagna, cosa potevamo fare? Lo abbiamo accolto qui, gli abbiamo dato da mangiare, lo abbiamo curato. Poi siete arrivato voi, Sir Henry, e mio fratello ha pensato che sarebbe stato più al sicuro nella brughiera che altrove, sino a quando le ricerche non si fossero calmate, e così è restato nascosto. Ma ogni due notti ci assicuravamo che fosse ancora laggiù mettendo una luce alla finestra, e, se avevamo risposta, mio marito gli portava un poco di carne e di pane da mangiare. Ogni giorno speravamo che se ne andasse, ma, sino a quando era qui, non potevamo abbandonarlo. Questa è la sacrosanta verità; lo giuro da buona cristiana, e, se qualcuno deve essere rimproverato, non è mio marito, ma tutta la colpa di questa storia deve ricadere su di me, perché lui ha agito per amor mio.»

La donna aveva pronunciato queste parole con una così commossa intensità che non era possibile dubitare della sua buona fede.

«È proprio vero quello che dice vostra moglie, Barrymore?»

«Sì, Sir Henry: è la sacrosanta verità.»

«Va bene, non posso biasimarvi per avere difeso vostra moglie. Dimenticate quanto vi ho detto. E ora voi due andatevene in camera vostra, e domattina discuteremo meglio questa faccenda.»

Quando se ne furono andati abbiamo ancora guardato fuori dalla finestra. Sir Henry l'aveva spalancata e ora il freddo vento notturno ci batteva in piena faccia. Lontano, lontano, nelle tenebre dilaganti, il minuscolo puntino giallo luceva ancora.

«Non so come osi!» fece Sir Henry.

«Forse è messo in modo da apparire visibile solo da qui.»

«Può darsi. A che distanza credete che sia?»

«Penso sia nelle vicinanze di Cleft Tor.»

«Dunque, a non più di un chilometro o due.»

«Non credo di più.»

«D'altronde, non può essere molto lontano se Barrymore doveva portargli da mangiare personalmente. E quel farabutto sta aspettando vicino a quella candela. Accidenti, Watson, vado ad acchiapparlo io, quell'uomo!»

Lo stesso pensiero aveva attraversato anche la mia mente. Non era come se i Barrymore ci avessero messi a parte del loro segreto. Erano stati costretti a rivelarcelo! Inoltre, quell'uomo costituiva un pericolo per la comunità, era uno spietato criminale per il quale non esistevano né compassione né attenuanti. Non facevamo altro che il nostro dovere tentando di riportarlo là dove non avrebbe avuto più possibilità di nuocere. Del resto, nel caso noi non avessimo agito e avessimo lasciato libera la sua natura violenta e brutale, altri avrebbero prima o poi pagato, forse a caro prezzo, la nostra debolezza. Ogni notte i nostri vicini Stapleton avrebbero potuto correre il rischio di essere assaliti e forse è stato proprio questo pensiero a spingere Sir Henry a tentare una simile avventura.

«Vengo anch'io» dissi.

«Allora prendete la rivoltella e infilatevi le scarpe. Sarà meglio che ci mettiamo in moto al più presto, perché quel farabutto potrebbe spegnere la sua luce da un istante all'altro e tagliar la corda.»

Qualche momento dopo eravamo in cammino, decisi a compiere la nostra impresa. Abbiamo attraversato il boschetto avvolto nell'oscurità, tra il gemito soffocato del vento autunnale e il fruscio delle foglie radenti. L'aria notturna era impregnata di un odore di umidità e disfacimento. A tratti la luna appariva per brevi attimi, ma subito le nubi si addensavano sopra la volta del cielo, e proprio mentre sbucavamo nella brughiera ha cominciato a scendere una pioggia sottile. La luce seguitava ad ardere ferma dinanzi a noi.

«Siete armato?» domandai a Sir Henry.

«Ho un frustino da caccia.»

«Dobbiamo coglierlo di sorpresa, poiché si dice che sia un individuo pronto a tutto. Dobbiamo immobilizzarlo prima che possa resistere.»

«Ehi, Watson,» ha esclamato a questo punto il baronetto «cosa direbbe Holmes di questa storia? Non ricordate le sue parole a proposito delle ore di tenebre in cui si scatenano le potenze del male?»

Quasi in risposta a queste sue parole, a un tratto dalla lugubre vastità della brughiera si è sentito lo strano grido che già avevo udito ai margini della grande Palude di Grimpen. È arrivato portato dal vento attraverso il silenzio della notte: dapprima come un mormorio profondo, prolungato, che si è tramutato poi in un urlo sempre crescente, per morire infine in un gemito malinconico. Tutta l'atmosfera ne era pregna; era un ululato, forsennato, minaccioso. Il baronetto mi ha tirato per la manica della giacca e nell'oscurità ho visto la sua faccia sbiancarsi.

«Dio santo, ma cos'è, Watson?»

«Non lo so. Dicono che sia un grido proveniente dalla brughiera. Io l'ho già sentito un'altra volta.»

Il suono si era spento, e un silenzio assoluto ci avvolgeva.

«Watson,» ha detto il baronetto «era l'ululato d'un cane.»

Mi son sentito gelare il sangue nelle vene, poiché avevo avvertito nella sua voce un tremore che rivelava come anche lui fosse in preda a una paura incontrollata.

«Come lo chiamano questo suono?» mi ha domandato.

«Chi?»

«Gli abitanti della zona.»

«Oh, son gente ignorante. Cosa vi può importare come lo chiamano?»

«Ditemi, Watson» ha insistito lui. «Come lo chiamano?»

Non mi era possibile eludere la domanda.

«Dicono che sia il latrato del mastino dei Baskerville.»

Sir Henry ha emesso un gemito soffocato, ed è restato in silenzio per un poco.

«Era certo il latrato di un cane» ha detto alla fine «ma pareva provenire da una grande distanza.»

«È difficile stabilire da dove arrivasse.»

«Si è alzato ed è caduto con il vento. Quella non è la direzione della grande Palude di Grimpen?»

«Sì, è esatto.»

«Ecco, veniva da quella parte. Watson, non avete avuto anche voi la netta sensazione che si trattasse dell'urlo di un cane? Io non sono un bambino. Non occorre che tentiate di nascondermi la verità.»

«Stapleton era con me quando l'ho sentito per la prima volta, e mi ha spiegato che poteva essere il richiamo di un uccello sconosciuto.»

«No, no, era un cane. Dio mio, è mai possibile che esista un fondo di verità in tutte queste storie? È mai possibile che mi trovi veramente in pericolo per un motivo così misterioso? Voi non mi credete, vero, Watson?»

«No, no.»

«Eppure una cosa era riderne a Londra, e un'altra essere qui, avvolti nell'oscurità della brughiera, e udire un urlo come quello. E mio zio! Dopotutto, accanto al suo corpo c'erano le impronte delle zampe di un mastino. Pare che tutte le maglie di questa lugubre rete si stiano saldando insieme. Non credo di essere un vigliacco, Watson, ma quel grido mi ha fatto raggelare il sangue delle vene. Toccatemi la mano!»

Era fredda come marmo.

«Vedrete che domattina vi sentirete di nuovo benissimo.»

«Non credo che riuscirò a dimenticare quel latrato. Che cosa mi consigliate di fare, ora?»

«Volete che torniamo indietro?»

«Neppure per idea! Siamo usciti per prendere il nostro uomo, e ci riusciremo. Noi stiamo dando la caccia a un forzato, e a quanto pare siamo a nostra volta inseguiti da un cane del demonio. Andiamo. Vedremo un poco se tutti i diavoli dell'inferno si sono davvero scatenati su questa dannata brughiera.»

Abbiamo ripreso ad avanzare, inciampando, nelle tenebre, circondati dal nero torreggiare dei poggi scoscesi, mentre la fievole luce giallastra continuava a brillare dritta davanti a noi. Nulla è più ingannevole della distanza di un lume in una notte nera come la pece, e a volte il chiarore pare lontanissimo all'orizzonte, a volte, invece, pare solo a pochi passi. Alla fine però siamo riusciti a individuarne la provenienza, e a un tratto ci siamo accorti di essere vicinissimi. Una candela sgocciolante era stata conficcata in una fenditura delle rocce che la riparavano dal vento e per far sì che fosse visibile solo dal Maniero dei Baskerville. Un masso granitico nascondeva il nostro avvicinarsi, e ci siamo accovacciati dietro questo riparo naturale. Quell'unica candela che bruciava nel mezzo della landa aveva un aspetto irreale, così senza alcun segno di vita tutt'intorno. Solo quella diritta fiamma gialla e solo il riverbero della roccia.

«Cosa dobbiamo fare ora?» ha bisbigliato Sir Henry.

«Aspettate qui. Deve essere vicino alla luce. Vediamo se riusciamo a scorgerlo.»

Non avevo ancora finito di parlare che lo abbiamo visto tutt'e due. Sopra le rocce, nella cui fenditura la candela ardeva, si sporgeva una spaventosa faccia gialla, una ripugnante faccia animalesca, devastata dalle più malvagie passioni. Sporco, con la barba ispida, i capelli appiccicati al cranio, avrebbe potuto benissimo appartenere a uno di quegli antichi selvaggi che avevano abitato nelle tane scavate lungo i fianchi di quelle colline. La luce della candela sotto di lui si rifletteva nei suoi occhi piccoli, astuti, che parevano trafiggere a destra e a sinistra le tenebre, con un bagliore sinistro, proprio come gli occhi di un animale sospettoso e selvatico che abbia avvertito l'avvicinarsi dei cacciatori.

Qualcosa doveva avere evidentemente risvegliato i suoi sospetti.

Forse Barrymore usava con lui qualche segno convenzionale che noi ignoravamo, oppure altri motivi gli avevano fatto supporre che qualcosa non andasse, certo è che la paura gli si leggeva chiaramente sul volto malvagio. Poteva da un minuto all'altro spegnere la luce e svanire nelle tenebre. Ho fatto quindi un balzo in avanti, bruscamente, subito imitato da Sir Henry. Contemporaneamente, il forzato ha lanciato una imprecazione e ha scagliato verso di noi un masso che è andato a scheggiarsi contro il riparo di roccia dietro cui ci eravamo nascosti. Mi è stato possibile cogliere una visione fuggevole della sua figura tozza, quadrata, massicciamente costruita, mentre l'uomo balzava in piedi e si girava per fuggire. In quel medesimo istante, per una fortunata combinazione, la luna ha squarciato il velo delle nubi. Ci siamo precipitati lungo il ciglio della collina, mentre il nostro uomo correva disperatamente giù per il lato opposto, saltando sulle pietre con l'agilità di una capra. Con un colpo fortunato della mia rivoltella avrei potuto ferirlo alle gambe, ma avevo portato l'arma solo per difendermi se fossi stato attaccato, non per sparare contro un uomo inerme e in fuga.

Eravamo tutt'e due discreti corridori e in buona efficienza, ma quasi subito ci siamo resi conto che non avevamo alcuna probabilità di raggiungerlo. L'abbiamo seguito a lungo sotto la luce della luna finché non s'è ridotto a un minuscolo puntino che si muoveva con pazzesca rapidità tra i massi di un colle lontano. La distanza tra noi e la nostra preda aumentava sempre più. Infine ci siamo fermati e seduti ansimanti su due pietre, mentre il fuggiasco scompariva definitivamente in lontananza.

In quel preciso momento è accaduto un fatto stranissimo e assolutamente inaspettato. Ci eravamo alzati e stavamo per dirigerci verso casa. La luna era bassa sull'orizzonte, e il pinnacolo dentellato di una guglia granitica si innalzava contro la curva inferiore del suo disco d'argento. In quel punto, stagliata come una statua d'ebano su quello sfondo luminoso, ho visto sul masso una figura d'uomo. Non dovete credere che sia stata una allucinazione, Holmes. Vi garantisco che non ho mai visto in vita mia nulla di più chiaro. Per quanto mi era dato giudicare si trattava di un uomo alto e magro. Era in piedi, le gambe lievemente divaricate, le braccia conserte, il capo chino, quasi stesse meditando sulla sconfinata desolazione di torba e di granito che si stendeva davanti a lui. Avrebbe potuto essere benissimo lo spirito stesso di quel luogo terribile. Non era il forzato. Era, infatti, lontano dal punto in cui quest'ultimo era scomparso. D'altronde, era molto più alto di statura. Con un'esclamazione di sorpresa ho additato l'apparizione al baronetto, ma nell'attimo in cui mi sono voltato per afferrargli il braccio, l'uomo si era già dileguato. L'aguzza guglia di granito era sempre lì a tagliare l'orlo inferiore della luna, ma la sua vetta non recava più alcuna traccia della immobile, silenziosa visione.

Avrei voluto muovere subito in quella direzione e frugare il colle, ma il punto era molto lontano. Sir Henry aveva ancora i nervi scossi dal latrato che gli rammentava la tragica storia della sua famiglia, e non era certo disposto a nuove avventure. Non aveva visto l'uomo solitario sulla punta rocciosa, e non poteva, quindi, provare l'emozione che quell'arcana presenza e quell'atteggiamento maestoso mi avevano procurato.

«Senza dubbio sarà stato un soldato» ha concluso. «La landa ne è piena da quando quel maledetto è scappato.» Può darsi che questa sua spiegazione fosse l'unica esatta, ma vorrei averne una conferma più sicura. Oggi abbiamo intenzione di riferire a quelli di Princetown dove devono andare per riprendersi il loro evaso, ma certo è duro pensare che non abbiamo potuto avere noi la soddisfazione di ricondurlo laggiù come nostro prigioniero. Queste sono le nostre avventure della notte scorsa, e dovete ammettere, mio caro Holmes, che come resoconto non c'è male. Molto di quanto vi ho detto è senza dubbio superfluo, ma ho tuttavia la sensazione che è meglio che io vi renda nota ogni cosa dall'a alla zeta, lasciando poi a voi il compito di separare i fatti più importanti da quelli trascurabili, perché possiate essere facilitato nelle vostre conclusioni. Certo, qualche progresso l'abbiamo fatto. Per quel che riguarda i Barrymore, abbiamo scoperto il movente delle loro azioni, e questo ha indubbiamente chiarito la situazione. Purtroppo la brughiera con i suoi misteri e i suoi strani abitanti resta più che mai imperscrutabile. Può darsi che nel mio prossimo resoconto io riesca a gettare un poco di luce anche su questo punto. Ma la miglior cosa sarebbe che vi decideste a raggiungerci.

10
Estratto dal diario del dottor Watson

Sinora non ho fatto che trascrivere i resoconti mandati a Sherlock Holmes durante i primi giorni. Ora, però, sono arrivato a un punto della storia in cui sono costretto a lasciare da parte questo sistema, per affidarmi ancora una volta ai miei ricordi, aiutandomi con il diario tenuto in quel periodo. Basteranno pochi estratti da quest'ultimo per riportarmi a quelle scene che sono scritte indelebilmente e dettagliatamente nella mia memoria. Comincio dalla mattina successiva al fallimento della nostra caccia notturna all'evaso e le altre insolite esperienze nella brughiera.

16 ottobre

Giornata grigia: nebbia e pioggia. Il Maniero è soffocato da una massa mobile di nubi, che ogni tanto si squarciano, mostrando il triste profilo della brughiera, come le venature sottili, argentee lungo il dorso delle colline e i grossi massi rilucenti sotto l'improvvisa sferzata di luce sulle superfici bagnate. È deprimente fuori ma anche qui dentro. Il baronetto è a terra dopo le peripezie della notte scorsa. Anch'io ho un peso al cuore e avverto la sensazione di un pericolo imminente, un pericolo che ci sovrasta, ancor più terribile perché rilutta a qualsiasi definizione.

Non ho forse ragione di temere? Consideriamo la lunga serie di incidenti che, in un modo o nell'altro, hanno dimostrato come intorno a noi si sta tramando in modo sinistro.

C'è la morte dell'ultimo proprietario del Maniero, avvenuta proprio nelle condizioni previste dalla leggenda, poi le testimonianze ripetute dei contadini che confermano la presenza nella brughiera di un animale sconosciuto. Due volte io stesso ho sentito con queste mie orecchie un suono molto simile al lontano latrato di un cane. Ora è incredibile, impossibile, che questo avvenga al di fuori delle leggi naturali. Non si può immaginare un cane fantasma che lasci orme materiali e riempia l'aria di ululati. Stapleton può forse credere in una simile superstizione, e può crederci persino Mortimer. Ma se io possiedo una qualità che sia una, questa consiste nel mio buonsenso, e nulla potrà persuadermi a dar retta ad assurdità del genere. Se questo mi accadesse, mi parrebbe di scendere al livello di questi poveri zotici, che non solo credono fermamente in una bestia infernale ma addirittura pretendono di descriverla, e asseriscono di averla vista sputar fuoco e fiamme dalla bocca e dagli occhi. Sherlock Holmes non crederebbe certo a simili fandonie, e io non ci credo per sua delega. Ma i fatti sono fatti, e io stesso ho udito due volte quel richiamo nella brughiera. Ammettiamo che esista realmente, libero per la brughiera, un cane enorme: questo spiegherebbe ogni cosa. Ma dove potrebbe nascondersi un cane simile, dove si procurerebbe il cibo, da dove sarebbe arrivato e perché mai non è visibile durante il giorno? Bisogna ammettere che anche una sola spiegazione naturale offre quasi altrettanta difficoltà di soluzione quanto l'altra. E poi, indipendentemente dal cane, sussiste sempre la questione dell'individuo misterioso che ha operato a Londra, l'uomo della carrozza pubblica, il messaggio che ha messo in guardia Sir Henry contro la permanenza in brughiera. Questi almeno sono elementi reali, ma potrebbero essere tanto l'opera di un amico quanto l'opera di un nemico. Dove si trova attualmente questo amico o nemico? È restato a Londra, oppure ci ha seguiti sin qui? Potrebbe essere... è mai possibile che sia lo sconosciuto che ho visto sul picco?

È vero che ne ho colto soltanto un'immagine fuggevole, e, tuttavia, vi sono alcuni punti sui quali sarei pronto a giurare. Non è una persona di queste parti, eppure ormai conosco tutti i vicini. È molto più alto di Stapleton e più magro di Frankland. Potrebbe essere Barrymore, ma l'avevamo lasciato a casa e sono sicuro che non può averci seguito. Quindi, anche qui uno sconosciuto ci spia, così come ci spiava a Londra. Non ci siamo mai liberati di lui. Se potessi acciuffare quest'uomo, non ci sarebbero più difficoltà. Non mi resta quindi che impegnare ogni mia energia a questo scopo.

Il mio primo impulso è stato quello di affrettarmi a mettere al corrente dei miei piani Sir Henry. Ma poi, riflettendoci un poco, ho deciso più saggiamente di fare il mio gioco e di parlarne il meno possibile. Il baronetto è silenzioso, distratto. Dopo aver sentito anche lui quel latrato nella brughiera ha i nervi letteralmente a pezzi. Qualsiasi cosa gli posso dire, non farei che aggravare la sua ansia, dunque mi conviene proprio cercar di raggiungere il mio scopo da solo.

Stamane, dopo colazione, c'è stata una piccola scena. Barrymore ha chiesto di parlare con Sir Henry e si sono chiusi nello studio. Seduto nella sala da biliardo li ho sentiti alzar la voce diverse volte e ho capito quale fosse la causa della discussione. Poco dopo il baronetto ha aperto la porta e mi ha chiamato.

«Barrymore sostiene che è stato sleale da parte nostra dar la caccia a suo cognato, dal momento che, di sua spontanea volontà, ci aveva confidato il segreto» mi ha messo al corrente Sir Henry.

Il maggiordomo era in piedi davanti a noi, pallidissimo, ma padrone di sé.

«Forse sono stato un po' impulsivo, signore, e vi prego di scusarmi» si è difeso. «Ma sono restato molto sorpreso, stamane al vostro ritorno, nel sapere che eravate andati a dare la caccia a Selden. Quel povero disgraziato ha già abbastanza guai, senza che mi ci metta anch'io a peggiorargli le cose.»

«Se ce l'aveste detto di vostra spontanea volontà, sarebbe stato tutto diverso» ha protestato il baronetto. «Voi ce l'avete detto, o meglio, ce lo ha detto vostra moglie, quando vi abbiamo costretto e non avete potuto sottrarvi alle nostre domande.»

«Io non pensavo che voi avreste approfittato della mia rivelazione, Sir Henry, francamente non lo pensavo proprio.»

«Ma quell'uomo è un pericolo pubblico. Nella brughiera ci sono case isolate, e vostro cognato è un uomo che non ha paura di nulla. Basta guardarlo in faccia una volta per capirlo. Pensate un poco alla casa del signor Stapleton, per esempio, dove l'unico uomo che può difenderla è lui. Nessuno può vivere tranquillo da queste parti finché Selden non sarà di nuovo sotto chiave.»

«Non entrerà in casa di nessuno, Sir Henry, di questo do la mia solenne parola d'onore, e non darà più fastidio a nessuno, in questo paese. Vi garantisco che tra pochissimi giorni si farà in modo che si trovi in viaggio per l'America del Sud. Per l'amor di Dio, Sir Henry, vi supplico! Non informate la polizia che si trova ancora qui nella brughiera. Ormai hanno rinunciato a dargli la caccia, e potrà starsene tranquillo sino a quando il piroscafo su cui deve imbarcarsi non sarà pronto a salpare. Non potete tradirlo senza mettere nei pasticci anche mia moglie e me. Vi supplico, Sir Henry, non dite nulla alla polizia.»

«Cosa mi consigliate, Watson?»

Mi sono stretto nelle spalle. «Se veramente ha intenzione di lasciare il paese, penso che i contribuenti saranno sollevati almeno da uno dei loro tanti gravami.»

«E poi se mi ammazza qualcuno prima di tagliare la corda?»

«Non commetterebbe mai una pazzia simile, Sir Henry. Noi lo abbiamo rifornito di quanto può essergli necessario. Se perpetrasse un nuovo delitto rivelerebbe il suo nascondiglio.»

«Questo è vero» ha osservato Sir Henry. «Bene, Barrymore...»

«Che Iddio vi benedica, Sir Henry, e grazie a voi dal più profondo del mio cuore! Se dovessero riprenderlo, la mia povera moglie ne morrebbe.»

«Ho una gran paura che noi ci stiamo rendendo complici di un'azione tutt'altro che onesta: cosa ne dite, Watson? Non è favoreggiamento? Ma, dopotutto, non me la sento di dare troppo addosso a quell'uomo. Consideriamo chiusa la faccenda. D'accordo, Barrymore, potete andare.»

Dopo aver pronunciato qualche parola di ringraziamento con la voce rotta dall'emozione, l'uomo stava per andarsene, ma poi ci ha ripensato ed è tornato sui propri passi.

«Siete così buono con noi, Sir Henry, che vorrei in qualche modo dimostrarvi la nostra gratitudine. Ecco, io so qualcosa che forse avrei dovuto dire prima, ma l'ho scoperto molto tempo dopo l'inchiesta. Non ne ho mai parlato con anima viva. Si tratta della morte di Sir Charles.»

Il baronetto e io siamo balzati in piedi:

«Come è morto?»

«No, signore, questo non lo so.»

«E allora?»

«So perché si trovava presso il cancelletto a quell'ora. Aveva appuntamento con una donna.»

«Con una donna? Lui?»

«Sì, signore.»

«E chi è la donna?»

«Non so il suo nome, signore, ma posso fornirvi le iniziali: L.L.»

«Come le conoscete, Barrymore?»

«Quella mattina vostro zio ha ricevuto una lettera. Riceveva sempre molte lettere, per la posizione che occupava e perché era generosissimo e così chiunque aveva bisogno si rivolgeva a lui. Ma quella mattina, per caso, c'era solo una lettera ed è per questo che l'ho notata. Veniva da Coombe Tracey e l'indirizzo era scritto con una calligrafia di donna.»

«Ebbene?»

«Ecco, signore, non ho più pensato a questa cosa e tutto sarebbe finito qui, se non fosse stato per mia moglie. Poche settimane fa, riordinando lo studio di Sir Charles, dove tutto è restato com'era prima della sua morte, ha trovato nel camino i resti di una lettera bruciata. La maggior parte era carbonizzata, ma un pezzettino, il fondo di una pagina, era intatto e si riusciva ancora a leggere cosa c'era scritto, anche se era grigio su nero. Pareva un poscritto in fondo alla lettera e diceva: "Vi prego con tutto il cuore, da gentiluomo, di bruciare questa lettera e di trovarvi al cancelletto stasera alle dieci". Sotto era firmato con le iniziali L.L.»

«Avete conservato quel pezzetto di carta?»

«No, signore, quando l'abbiamo preso in mano è andato in polvere.»

«Aveva ricevuto altre lettere Sir Charles con la stessa calligrafia?»

«Vede, signore, non facevo mai caso alle lettere che riceveva e ho notato questa in particolare perché non ce n'erano altre.»

«Non avete idea chi possa essere questa L.L.?»

«Ne so quanto voi, signore. Ma, se riusciamo a scovarla, penso che sapremo qualcosa di più sulla morte di Sir Charles.»

«Non capisco, Barrymore, come abbiate potuto tenere nascosta un'informazione così importante.»

«Subito dopo, è capitato questo guaio tremendo a me e a mia moglie. E poi, capite, eravamo troppo affezionati a Sir Charles, era stato sempre così buono con noi. Non sarebbe servito a nulla rivangare questa faccenda e poi, quando c'è una donna di mezzo, è meglio andarci piano... Anche l'uomo migliore...»

«Avete pensato che ci sarebbe andata di mezzo la sua reputazione?»

«Mi pareva che non sarebbe servito a nulla, ecco. Ma adesso siete stato così comprensivo con noi e mi pareva ingiusto nascondervi qualcosa che sappiamo della faccenda.»

«Va bene, Barrymore, potete andare.»

Dopo che il maggiordomo si è congedato, Sir Henry si è rivolto a me. «Dunque, Watson, che cosa ne pensate di questa luce nuova?»

«Mi pare che lasci le tenebre ancora più fitte.»

«È quel che penso anch'io. Ma, se riuscissimo a ripescare questa L.L., forse le cose si chiarirebbero. Almeno sappiamo questo, che c'è qualcuno al corrente dei fatti. Ora si tratta di rintracciare questa donna. Cosa dovremmo fare, secondo voi?»

«Prima di tutto dobbiamo informare Holmes. Questo fatto gli darà l'indizio di cui sta andando in cerca. E mi stupirei che non riuscisse.»

Mi sono recato immediatamente nella mia camera e ho steso il mio resoconto per Sherlock Holmes della conversazione di poco prima. Certo, in quest'ultimo periodo di tempo doveva essere affaccendatissimo, poiché le notizie che ricevevo da Baker Street erano sempre brevi e scarse, senza alcun commento alle informazioni che io gli andavo a mano a mano fornendo, e senza quasi alcun riferimento alla mia missione. Evidentemente quella storia di ricatti lo sta assorbendo completamente, eppure questo fatto nuovo deve per forza fermare la sua attenzione e riaccendere il suo interesse. Come vorrei che fosse qui.

17 ottobre

La pioggia è caduta tutto il giorno frusciando sull'edera e sgocciolando dalle grondaie. Ho pensato al forzato, solo, nella tetra brughiera, al freddo, senza un ricovero. Poveraccio! Quali siano stati i suoi delitti, ha già sofferto abbastanza e li ha in parte espiati. Ho ripensato poi ad altre cose... alla faccia intravista nella carrozza pubblica, alla figura stagliata contro la luna. Era anche lui là sotto quel diluvio, l'osservatore pressoché invisibile, l'uomo delle tenebre? A sera mi sono infilato l'impermeabile e ho passeggiato per la brughiera fradicia, pieno di pensieri cupi, mentre la pioggia mi batteva in faccia e il vento mi fischiava nelle orecchie. Che Dio aiuti chi si trova in questo momento nella grande Palude, perché anche la terraferma si è trasformata in acquitrino. Ho trovato il picco nero in cima al quale avevo visto lo sconosciuto solitario, e anch'io ho guardato dall'alto la distesa malinconica. Ventate di pioggia sferzavano le dune rossastre; le nubi, rigonfie, nere, incombevano basse sul paesaggio, sfilacciandosi in grigie spirali nebbiose intorno alle colline evanescenti. In basso, a sinistra, dagli alberi venivan su, fasciate dalla nebbia, le due torri sottili del castello dei Baskerville. Erano gli unici segni di vita, oltre alle abitazioni preistoriche sparse sui fianchi delle colline. Nessuna traccia del solitario che due notti prima avevo visto proprio in quel punto.

Mentre tornavo, ho incontrato il calesse del dottor Mortimer, di ritorno dalla lontana fattoria di Foulmire. Il dottore è sempre molto gentile con noi e non c'è giorno che non venga al castello, per avere nostre notizie. Ha insistito perché salissi sul calesse e mi ha accompagnato a casa. Era molto preoccupato per la scomparsa del suo piccolo spaniel, che si era avventurato nella brughiera e non aveva più fatto ritorno. Ho tentato di rassicurarlo, ma, pensando al pony che avevo visto sparire, inghiottito nella grande Palude, non credo proprio che rivedrà più il suo cagnolino.

«A proposito, Mortimer,» ho detto mentre procedevamo balzelloni sul sentiero impervio «mi pare che conosciate tutti gli abitanti dei dintorni, vero?»

«Più o meno, sì.»

«Potete dirmi il nome di una donna le cui iniziali siano L.L.»

Ha riflettuto qualche istante.

«No» ha risposto. «C'è gente che va e che viene di cui non so niente, ma tra i contadini e la gente del posto nessuno risponde a queste iniziali. Però, un momento...» ha aggiunto dopo una pausa. «C'è Laura Lyons... le sue iniziali sono appunto L.L. ... ma abita a Coombe Tracey.»

«Chi è?» ho domandato.

«La figlia di Frankland.»

«Cosa? Quello svitato di Frankland?»

«Precisamente. La giovane aveva sposato un artista di nome Lyons che era venuto da queste parti per dipingere la brughiera, un furfante che poi l'ha piantata. Può darsi, da quel che si dice, che la colpa non fosse tutta di lui. Comunque, il vecchio non ha voluto saperne più della figlia, perché si era sposata senza il suo consenso e forse anche per qualche altro motivo. Così, tra il vecchio imbroglione e il giovane, la povera ragazza ne ha passati, di guai.»

«E come vive adesso?»

«Credo che il vecchio Frankland le passi qualcosa, e dev'essere proprio una miseria, perché gli affari vanno male anche a lui. Anche se lei se l'era meritato non la si poteva lasciare così in mezzo a una strada. Quando si è saputa la storia, molti si sono dati da fare per metterla in condizione di vivere onestamente. Stapleton, per esempio, e anche Sir Charles. Anch'io ho dato qualcosa. Si trattava di aiutarla a imparare a fare la dattilografa.»

Voleva sapere il motivo delle mie domande, ma ho cercato di soddisfare la sua curiosità senza dirgli molto, perché è meglio non spartir confidenze con nessuno, per ora. Domattina farò una scappata a Coombe Tracey e, se riuscirò a trovare questa Laura Lyons, di dubbia reputazione, faremo un bel passo avanti per chiarire almeno un incidente di questa catena di misteri. Sto diventando furbo come il diavolo: quando Mortimer si è fatto troppo pressante con le domande, gli ho chiesto con fare noncurante che tipo di cranio avesse Frankland e così per il resto del tempo non ho sentito parlare che di craniologia. Non per nulla vivo da tanti anni con Sherlock Holmes!

Devo ancora registrare un altro incidente di questa tempestosa e malinconica giornata. Si tratta della conversazione svoltasi tra Barrymore e me, e che mi dà in mano un'altra carta importante che potrò giocare al momento opportuno.

Mortimer era restato a cena, e, dopo il pasto, lui e il baronetto si erano messi a giocare a *écarté*. Il maggiordomo mi ha portato il caffè in biblioteca, e ho colto questa occasione per rivolgergli alcune domande.

«Dunque» ho detto «quel vostro caro parente se n'è andato, o è ancora laggiù nella landa?»

«Non lo so, dottore. Prego Dio che se ne sia andato, poiché non ha fatto che procurarci dei guai! Non ne ho più saputo nulla da quando gli ho lasciato da mangiare l'ultima volta, cioè tre giorni fa.»

«Non lo avete più visto da allora?»

«Nossignore; ma il cibo non c'era più quando sono andato là l'ultima volta.»

«Allora c'è stato certamente!»

«È probabile, a meno che non sia stato l'altro uomo a prenderlo.»

Sono restato con la tazzina del caffè a mezz'aria, e ho fissato Barrymore con tanto d'occhi.

«Ma allora sapete che c'è un altro uomo.»

«Sissignore; c'è un altro uomo nella brughiera.»

«Lo avete visto voi?»

«Nossignore.»

«E come fate a saperlo, allora?»

«Me lo ha detto Selden, dottore. Circa una settimana fa o

anche più. Anche lui si nasconde, ma non è un forzato, a quanto mi è parso di capire. La cosa non mi piace, dottor Watson... Vi dico francamente che non mi piace affatto!» Aveva parlato con un tono veramente preoccupato.

«Ora statemi bene a sentire, Barrymore! Io in tutta questa storia non ho alcun interesse: m'importa solo in rapporto al vostro padrone. Sono venuto qui allo scopo di aiutarlo. Ditemi francamente cos'è che non vi piace.»

Barrymore esitò un istante, quasi pentito delle proprie parole, o come se trovasse difficile esprimere i propri sentimenti.

«Sono tutti questi andirivieni, signor dottore!» esclamò infine agitando una mano verso la finestra sferzata dalla pioggia che dava sulla brughiera. «Qui si sta architettando qualche porcheria, qualche mascalzonata, sarei pronto a giurarlo! Darei non so cosa per vedere Sir Henry sano e salvo a Londra!»

«Ma cos'è che vi angustia tanto?»

«Pensate alla morte di Sir Charles! È stata una ben triste faccenda, nonostante quello che ne ha detto il magistrato inquirente. Pensate ai rumori che si odono nella brughiera di notte! Non c'è un uomo al mondo che sarebbe disposto ad attraversarla dopo il calar del sole, neppure se lo pagassero a peso d'oro! Pensate a quello sconosciuto che si nasconde laggiù, a spiare e ad aspettare! Cosa aspetta? Cosa ha in animo? Certo nulla di buono per chi porta il nome dei Baskerville, e sarei felice di andarmene il giorno stesso in cui arriveranno a prender cura del Maniero i nuovi domestici di Sir Henry.»

«Ma, tornando a questo sconosciuto,» insistei «sapete dirmi nulla? Cosa vi ha detto Selden? Ha scoperto dove si nasconde o che cosa fa?»

«L'ha visto un paio di volte, ma mio cognato è un uomo che non si sbottona. In un primo tempo ha pensato che fosse della polizia, ma poi si è accorto che aveva faccende sue personali cui badare. Gli è parso che fosse un signore, ma non è riuscito a capire cosa facesse.»

«E dove avete detto che viveva?»

«Tra le vecchie case sul ciglio della collina... in quelle abitazioni di pietra dove una volta stavano i popoli antichi.

«Ma come fa a procurarsi da mangiare?»

«Selden ha scoperto che c'è un ragazzo che lavora per lui e gli porta tutto ciò di cui ha bisogno. Credo si rechi per provviste a Coombe Tracey.»

«Benissimo, Barrymore. Ritorneremo su questo argomento alla prossima occasione.»

Non appena il maggiordomo se n'è andato, mi son diretto alla finestra, e ho guardato attraverso il vetro appannato le nubi in corsa e l'inquieto filare degli alberi squassati dal vento. È già terribile la notte in questa comoda casa; ma cosa deve essere in una costruzione di pietra abbandonata nella landa? Quale sete d'odio può spingere un uomo ad appiattarsi in un luogo simile, in un simile inferno? E quale scopo segreto e terribile lo può spronare a una così dura prova? Laggiù, in quel tugurio della landa dev'essere il nocciolo del problema che mi ha tormentato tanto profondamente. Giuro che non lascerò passare un altro giorno senza fare quanto è umanamente possibile per penetrare nel cuore di un simile mistero.

11
L'uomo sulla roccia

Gli appunti tolti dal mio diario, che costituiscono il capitolo precedente, spaziano nell'arco di tempo che va sino al 18 ottobre, data in cui i misteriosi, strani eventi cominciarono a muoversi rapidamente verso la loro terribile conclusione. Gli incidenti dei giorni seguenti sono profondamente scolpiti nella mia memoria e posso riportarli senza dover ricorrere all'ausilio delle annotazioni prese in quel periodo. Parto, quindi, dal giorno dopo quello in cui ero riuscito a stabilire due punti di grande importanza: primo, che la signora Laura Lyons di Coombe Tracey aveva scritto a Sir Charles Baskerville, dandogli un appuntamento proprio nel posto e per l'ora in cui era morto; secondo, che l'uomo in agguato nella brughiera doveva trovarsi nelle abitazioni di pietra sulla collina. Con questi due elementi in mio possesso, ero pronto a darmi dello scemo o del vigliacco se non fossi arrivato a far luce su ogni zona d'ombra.

Non ebbi occasione di comunicare al baronetto quanto avevo saputo la sera prima riguardo a Laura Lyons, perché il dottor Mortimer restò con lui a giocare a carte fino a tardi. La mattina successiva però, a colazione, lo misi al corrente della mia scoperta, proponendogli di venire con me a Coombe Tracey. Accettò subito, ma in un secondo momento, ripensandoci, decidemmo di comune accordo che sarebbe stato meglio se ci fossi andato da solo. Infatti quanto più formale sarebbe risultata la visita, tanto minore probabilità avremmo avuto di chiarire i fatti. Lasciai quindi Sir Henry non senza qualche vago rimorso di coscienza, e mi avviai verso la mia nuova impresa.

Giunto a Coombe Tracey, ordinai a Perkins di fermare i cavalli, e cominciai a cercare la signora che mi proponevo di interrogare. Non ebbi difficoltà a trovare il suo appartamento, che era centrale e ben arredato. Una domestica mi fece entrare senza cerimonie, e nel salotto trovai una signora seduta davanti a una macchina per scrivere; balzò in piedi nel vedermi, con un grazioso sorriso di benvenuto. Ma, non appena capì di non conoscermi, si rifece seria, e, tornando a sedere, mi domandò quale scopo avesse la mia visita.

La signora Lyons era una donna di grande bellezza. Aveva gli occhi e i capelli di un identico splendido color nocciola, e le sue guance, pur essendo notevolmente punteggiate di efelidi, erano colorate del delicato rossore delle brune; avevano quella raffinata sfumatura rosea che si cela nel cuore della rosa sulfurea. Come prima impressione, si provava un senso di ammirazione: ma subito subentrava la critica. C'era qualcosa di misteriosamente ambiguo in quella faccia, un'espressione vagamente volgare, una certa durezza dello sguardo, un afflosciamento del labbro che guastava quella perfetta bellezza. A questi particolari naturalmente veniva fatto di pensare solo in un secondo tempo. A tutta prima ebbi semplicemente la sensazione di trovarmi in presenza di una donna bellissima, la quale mi stava domandando il motivo della mia visita. Sino a quel preciso istante non mi ero pienamente reso conto di quanto delicata fosse la mia missione.

«Ho il piacere» cominciai «di conoscere vostro padre.»

Era un modo di presentarsi piuttosto inopportuno e la signora me lo fece comprendere immediatamente.

«Non vi è nulla in comune tra mio padre e me» rispose. «Io non gli debbo nulla, e i suoi amici non sono i miei. Se non fosse stato per il defunto Sir Charles Baskerville e per qualche altra persona di buon cuore, sarei morta di fame da un pezzo senza che mio padre muovesse un dito per aiutarmi.»

«È appunto del povero Sir Charles Baskerville che sono venuto a parlarle.»

Le efelidi sulla faccia della signora si fecero più marcate.

«E cosa posso dirvi di lui?» mi domandò, mentre le sue dita giocavano nervosamente sui tasti della macchina per scrivere.

«Lo conoscevate, vero?»

«Vi ho già detto che devo molto alla sua bontà d'animo. Se sono in grado di bastare a me stessa, questo è dovuto in gran parte all'interessamento da lui dimostrato per la mia sfortunata situazione.»

«Eravate in corrispondenza con Sir Charles?»

La signora ebbe un moto fulmineo degli occhi, e un lampo di collera le attraversò le pupille color nocciola.

«Che scopo hanno queste vostre domande?» esclamò bruscamente.

«Hanno lo scopo di evitare un pubblico scandalo. È meglio che io ve le ponga qui prima che la cosa possa uscire dal nostro controllo.»

Era silenziosa, ora, e pallidissima. Infine mi guardò in faccia con un'espressione inquieta, in cui era contenuta tuttavia quasi una punta di sfida.

«Va bene, risponderò» decise. «Cosa desiderate sapere?»

«Prima di tutto ditemi se eravate in corrispondenza con Sir Charles.»

«Certo, gli ho scritto un paio di volte per ringraziarlo della sua delicatezza e della sua generosità.»

«Ricordate le date di queste lettere?»

«No.»

«Non lo avete mai incontrato?»

«Un paio di volte, quando veniva a Coombe Tracey. Faceva vita molto ritirata, e non amava ostentare il bene che faceva.»

«Ma se lo vedevate così di rado e gli scrivevate così di rado, come poteva Sir Charles essere in grado di conoscere la vostra condizione e di aiutarvi, come voi mi dite?»

La signora, a questa mia obiezione, replicò con la massima prontezza.

«Molte persone erano al corrente della mia triste storia e mi hanno aiutato. Una di queste è stato il signor Stapleton, vicino di casa e intimo amico di Sir Charles. È stato estremamente gentile con me, ed è grazie a lui che Sir Charles è stato al corrente della mia situazione.»

Già sapevo che Sir Charles Baskerville aveva in diverse occasioni nominato Stapleton suo elemosiniere, quindi, almeno in apparenza, la dichiarazione della signora rispondeva alla pura e semplice verità.

«Avete mai scritto a Sir Charles fissandogli un appuntamento?» domandai ancora.

La signora Lyons arrossì di nuovo di collera.

«Francamente, signore, questa vostra domanda è inaudita!»

«Mi dispiace, signora, ma sono costretto a insistere.»

«In questo caso la mia risposta è... certo no.»

«Neppure il giorno in cui Sir Charles è morto?»

La vampa di rossore svanì a un tratto dalla sua faccia lasciando posto a una maschera spettrale. Le sue labbra aride non furono in grado di proferire il "no" e io lo indovinai più che udirlo.

«In questo caso la vostra memoria deve certamente ingannarvi» proseguii inesorabile. «Potrei persino citarvi un brano della vostra lettera, che diceva precisamente così: "Vi prego con tutto il cuore, da gentiluomo, di bruciare questa lettera e di trovarvi al cancelletto stasera alle dieci".»

Ebbi l'impressione che stesse per svenire, ma con uno sforzo supremo si riebbe.

«Non esiste dunque veramente un gentiluomo?» balbettò.

«Fate torto a Sir Charles. Lui *bruciò effettivamente* la lettera, ma a volte uno scritto può essere leggibile anche dopo che il fuoco lo ha consumato. Ammettete ora di avergli scritto?»

«Sì, gli ho scritto,» rispose, rivelando la propria anima in un torrente di parole «gli ho scritto. Perché dovrei negarlo? Non ho motivo di vergognarmene, volevo che mi aiutasse. Ero convinta che se avessi avuto un colloquio con lui, sarei riuscita a convincerlo, ecco perché ho fissato un appuntamento.»

«Ma come mai a un'ora simile?»

«Perché avevo appena saputo che stava per partire per Londra il giorno seguente e che sarebbe potuto restare lontano per mesi. Vari motivi mi hanno impedito di recarmi da lui più presto.»

«Ma come mai un appuntamento in giardino invece che in casa?»

«Trovate decoroso che una donna si rechi sola a un'ora simile in casa di uno scapolo?»

«Va bene: cosa è successo quando siete andata laggiù?»

«Ma io non ci sono mai andata!»

«Signora!»

«Vi giuro su quanto ho di più sacro che non mi sono mai recata a quell'appuntamento! Qualcosa all'ultimo momento mi ha impedito di uscire.»

«Cosa?»

«È una questione privata e non posso dirvela.»

«Voi ammettete dunque di aver fissato un appuntamento a Sir Charles nel luogo e nell'ora in cui ha incontrato il proprio destino; ma negate di esservi poi recata a questo appuntamento?

«È la verità.»

Continuai a porle ripetute domande, sempre su questo tono, senza però venire a capo di nulla.

«Signora Lyons,» dissi infine, alzandomi dopo quel lungo e inconcludente colloquio «voi vi assumete una tremenda responsabilità con le vostre reticenze, e vi mettete in una posizione ambigua. Se mi vedrò costretto a chiedere l'intervento della polizia, vi accorgerete sino a che punto vi troverete compromessa. Se siete innocente, perché mi avete negato in un primo momento di aver scritto a Sir Charles proprio quel giorno fatale?»

«Perché temevo che se ne potesse trarre una conclusione errata e non volevo vedermi coinvolta in uno scandalo.»

«Ma perché eravate tanto ansiosa che Sir Charles distruggesse quella lettera?»

«Se l'avete letta lo saprete.»

«Non ho detto di aver letto tutta la lettera.»

«Ma se me ne avete citato un brano!»

«Ve ne ho citato il poscritto. Come vi ho detto, la lettera era stata bruciata e non tutto il testo era leggibile. Io vi chiedo ancora una volta perché eravate tanto ansiosa che Sir Charles distruggesse la lettera che gli avete scritto il giorno della sua morte.»

«La questione è privatissima.»

«A maggior ragione dovreste cercar di evitare un'inchiesta pubblica a questo proposito.»

«D'accordo, allora ve lo dirò. Se sapete qualcosa della mia triste storia, saprete senz'altro che ho fatto un matrimonio avventato e che ho avuto ragioni in abbondanza di pentirmene.»

«Così infatti mi è stato riferito.»

«La mia vita è diventata una persecuzione senza fine da parte di un marito che detesto. La legge è dalla sua parte, e ogni giorno vengo minacciata dall'odiosa eventualità di poter essere costretta a convivere con lui. Quando ho scritto quella lettera a Sir Charles, avevo saputo che affrontando certe spese avrei avuto una speranza di riottenere la mia libertà. Il che significava tutto per me: la pace dello spirito, la felicità, il rispetto di me stessa... tutto, in una parola. Conoscevo la generosità di Sir Charles e non dubitavo che, se avesse ascoltato la mia vicenda direttamente dalle mie labbra, mi avrebbe aiutata.»

«Perché allora non siete andata?»

«Perché nel frattempo ho ricevuto aiuto da un'altra parte.»

«Come mai non avete scritto a Sir Charles spiegandogli l'accaduto?»

«Lo avrei certo fatto se la mattina seguente non avessi letto la notizia della sua morte sul giornale.»

Il racconto della donna possedeva un'innegabile coerenza, nessuna delle mie domande era in grado di contestarla. Non mi restava che controllare se avesse effettivamente presentato istanza di divorzio contro il marito al tempo in cui era avvenuta la tragedia.

Era improbabile che osasse affermare di non essere stata al Maniero dei Baskerville se c'era effettivamente stata. Avrebbe dovuto, infatti, servirsi di un calesse per il tragitto, e non le sarebbe stato possibile rientrare a Coombe Tracey sino alle prime ore della mattina. Non le sarebbe stato possibile tenere segreto il viaggio. Era, quindi, probabile che dicesse la verità, o perlomeno una parte della verità. Mi congedai scoraggiato e deluso. Ancora una volta mi ero trovato a sbattere contro il muro cieco che pareva alzarsi sempre a sbarrarmi ogni accesso tutte le volte che tentavo di raggiungere lo scopo della mia missione. E, tuttavia, più pensavo alla faccia della signora e ai suoi modi, tanto più mi convincevo che la donna mi aveva nascosto qualcosa. Perché era così sbiancata? Perché aveva tentato di lottare così disperatamente prima di lasciarsi strappare qualche ammissione, e aveva ceduto solo quando l'avevo costretta? Perché si era mostrata così reticente sull'ora della tragedia? Certo la spiegazione di un simile atteggiamento non poteva essere tanto innocente quanto voleva farmi credere. Per il momento non mi era possibile procedere oltre in questa direzione, ma mi vedevo costretto a ritornare a quell'altro indizio che doveva essere rintracciato tra le abitazioni di pietra della landa.

Ma anche qui mi trovavo a brancolare nel buio. Me ne resi conto durante il ritorno, notando come ogni collina recasse le impronte di quelle antiche popolazioni. La sola indicazione datami da Barrymore era che lo sconosciuto viveva in una abitazione abbandonata, ma ve n'erano centinaia sparpagliate qua e là per la brughiera. Avevo tuttavia a guidarmi la mia esperienza personale, poiché l'avevo visto con i miei occhi l'uomo in piedi sulla vetta del Black Tor. Là doveva essere dunque da ubicare il centro delle mie ricerche. Avrei esplorato ogni recesso della zona, sino a che non avessi rintracciato quello giusto. Se avessi trovato il mio uomo, avrei saputo direttamente dalle sue labbra, magari puntandogli contro la rivoltella, se necessario, chi fosse e perché ci stesse spiando da tanto tempo. Ci era sfuggito in mezzo al traffico di Regent Street, ma in quella landa solitaria il trucco gli sarebbe riuscito più difficile. Se, d'altro canto, avessi trovato l'abitazione senza il suo occupante, sarei restato ad aspettare, a costo di non chiudere più occhio, sino a quando il mio uomo non fosse ritornato. Sherlock Holmes lo aveva mancato a Londra. Che trionfo sarebbe stato per me, se avessi potuto acciuffarlo mentre il mio maestro era fallito in un analogo tentativo!

Durante questa inchiesta la sorte ci aveva costantemente

beffati, ma ecco che ora finalmente si mostrava bene intenzionata a soccorrermi. E questo messaggero di buona fortuna altri non era che Frankland, che se ne stava con i suoi baffi grigi e la sua faccia rossa sulla soglia del suo giardino, che dava sulla strada maestra lungo la quale io viaggiavo.

«Buongiorno, dottor Watson,» esclamò con insolito buonumore «dovete assolutamente dare un poco di riposo ai vostri cavalli ed entrare a bere un bicchiere di vino e a congratularvi con me.»

I miei sentimenti nei suoi riguardi erano lungi dall'essere amichevoli dopo quanto avevo saputo sui suoi rapporti con la figlia, ma ero impaziente di rimandare a casa Perkins e la carrozza, e non avrei potuto trovare occasione migliore. Scesi, dunque, senza indugiare e inviai a Sir Henry un messaggio per comunicargli che sarei rientrato a piedi, in tempo per la cena. Seguii quindi Frankland in sala da pranzo.

«È un gran giorno per me, questo, caro dottore!... Un giorno da scrivere a caratteri d'oro nell'albo della mia vita!» esclamò, ridacchiando soddisfatto. «Ho portato a termine un duplice avvenimento. Ho intenzione di insegnare a questa gente che la legge è la legge, e che esiste un uomo che non teme d'invocarla. Ho stabilito un diritto di transito nel centro del parco del vecchio Middleton! Bel colpo! Proprio a cento metri dal suo portone d'ingresso! Che ne dite? Insegneremo a questi capoccioni che non hanno il diritto di calpestare con gli zoccoli ferrati dei loro cavalli i privilegi dei miseri borghesi, che Dio li maledica. E ho fatto chiudere il bosco dove quelli di Fernworthy andavano troppo spesso a fare merenda. Quei mascalzoni credono forse che non esistano i diritti di proprietà, credono di poter andare dove gli pare e piace con i loro panini e le loro bottiglie. Tutt'e due i casi sono stati discussi, dottor Watson, e tutt'e due si sono risolti a mio favore. Non ho più avuto un giorno simile da quando ho fatto punire per trasgressione Sir John Morland, perché cacciava nella propria conigliera.»

«Ma come diavolo ci siete riuscito?»

«Andate un poco a leggervi le sentenze, caro dottore! Ne vale la pena... Frankland contro Morland, tribunale di

Queen's Bench. La causa mi è costata duecento sterline, ma il verdetto mi è stato favorevole.»

«Vi ha portato almeno qualche vantaggio?»

«Nessuno, nessunissimo. Sono orgoglioso di dire che non perseguivo il minimo interesse personale. Io agisco unicamente per senso di dovere civico. Sono sicuro, per esempio, che stanotte quelli di Fernworthy mi bruceranno in effigie. Ho avvertito la polizia, l'ultima volta che l'hanno fatto, che si dovrebbero impedire queste manifestazioni disgustose. La questura provinciale è in uno stato scandaloso, e non mi ha concesso la protezione di cui avevo diritto. Il caso Frankland contro Regina porterà la cosa di fronte all'attenzione del pubblico. Li ho avvertiti che avrebbero finito con il rimpiangere il trattamento che mi avevano inflitto, e già le mie parole si sono avverate.»

«In che modo?» domandai.

Il vecchio ammiccò.

«Perché potevo avvertirli di quanto muoion dalla voglia di sapere, ma nulla al mondo mi potrebbe indurre ad aiutare in qualche modo quei mascalzoni.»

Avevo, sino a quel momento, cercato di inventare una scusa qualsiasi pur di sbarazzarmi di quel chiacchierone, ma ora cominciavo a essere curioso di saperne di più.

Avevo ormai capito abbastanza il temperamento dispettoso di quel vecchio litigioso per intuire che anche la minima manifestazione di curiosità poteva immediatamente far inaridire il corso delle sue confidenze.

«Si tratterà senza dubbio di qualche cacciatore di frodo, non è vero?» azzardai in tono indifferente.

«Ah, ah, amico mio, neppure per sogno. Si tratta, invece, di qualcosa di ben più importante! Ci si è dimenticati del forzato che si aggira per la landa?»

Trasalii. «Come? Sapete dove si nasconde?» domandai cauto.

«Non so forse con esattezza dove precisamente si nasconda, ma sono sicurissimo di poter aiutare la polizia a snidarlo. Non vi è mai venuto in mente che per scoprire quell'uomo bastava sapere da che parte si procacciasse il cibo?»

Purtroppo, mi pareva molto vicino alla verità.

«Indubbiamente» osservai. «Ma come fate a sapere che si trova ancora nella landa?»

«Lo so perché ho veduto con i miei occhi chi gli porta il cibo.»

Ebbi un tuffo al cuore per Barrymore. Era un gran brutto destino cadere nelle mani di quel vecchio ficcanaso dispettoso, ma un attimo dopo le altre parole mi tolsero quel peso dall'animo.

«Sarete sorpreso di sapere che viene rifocillato da un ragazzo. Lo vedo ogni giorno attraverso il mio telescopio sistemato sul tetto. Passa lungo il medesimo sentiero alla medesima ora, e da chi può recarsi se non dal forzato?»

Questo sì che era un colpo di fortuna! Tuttavia finsi la massima indifferenza. Un ragazzo! Anche Barrymore mi aveva detto che lo sconosciuto era servito da un ragazzo. Dunque, era sulle tracce di costui, non del forzato, che Frankland si era imbattuto. Se fossi riuscito a spremerlo il più possibile, mi sarei risparmiato una caccia lunga e faticosa. L'incredulità e l'indifferenza simulate erano evidentemente le mie carte migliori.

«Secondo me, mi pare più probabile che si tratti del figlio di qualche pastore di brughiera che reca il pranzo al proprio genitore.»

Questa mia ostentata obiezione accese d'ira il vecchio autoritario. I suoi occhi mi scoccarono uno sguardo maligno, e i suoi baffi grigi si drizzarono come quelli di un gatto arrabbiato.

«Ah, sì?» esclamò, indicando col dito l'ampia distesa della brughiera. «Vedete il Black Tor, laggiù? Bene, osservate quella collinetta bassa più lontana, sormontata da quel cespuglio di rovi! È la parte più pietrosa di tutta la brughiera. Vi pare quello un posto adatto perché un pastore ci vada a pascolare il gregge? La vostra osservazione, caro il mio dottore, è semplicemente ridicola.»

Risposi umilmente che avevo parlato senza cognizione di causa. La mia remissività gli piacque, e lo indusse a ulteriori rivelazioni.

«State pur certo che, prima di formarmi un'opinione, io raccolgo sempre dati molto solidi. Ho visto molte volte quel ragazzo col suo fagotto. Ogni giorno, e qualche volta due volte al giorno, ho potuto... ma aspettate un momento, dottor Watson. Forse i miei occhi m'ingannano, ma mi pare che in questo momento qualcosa si stia movendo sul ciglio di quella collina.»

Eravamo a parecchi chilometri di distanza, ma anch'io riuscii a distinguere chiaramente un minuscolo puntino scuro contro l'opaco sfondo verde-grigio.

«Su, venite!» gridò Frankland dirigendosi di corsa verso le scale. «Vi convincerete con i vostri occhi e giudicherete da voi.»

Il telescopio, uno strumento formidabile montato su un trespolo, era posato sul tetto di lamiera piatta che copriva la casa. Frankland vi appoggiò contro un occhio e subito lanciò un grido di soddisfazione.

«Presto, dottor Watson, presto, prima che passi al di là dell'altura.»

Era proprio un ragazzetto, con un piccolo fagotto sulle spalle, che avanzava lentamente lungo il ciglio della collina. Quando arrivò sulla cima, vidi, stagliata per un istante contro il freddo cielo azzurro, la sua sagoma sbrindellata, rozza. Il ragazzo si guardò intorno con aria furtiva, come chi tema di essere inseguito. Quindi svanì al di là del pendio.

«Ho ragione sì o no?»

«Certo, pare proprio che il ragazzo esegua un'incombenza clandestina.»

«E deve trattarsi di un'incombenza di cui bisognerà che si occupi la polizia della contea! Da me però non sapranno una parola sola, e anche voi dovete promettermi di mantenere il segreto! Non una parola, avete capito?»

«Come desiderate.»

«Mi hanno trattato in modo vergognoso, vergognoso! Quando si sapranno i fatti del processo Frankland contro Regina sono certo che il paese sarà percorso da un fremito di indignazione. Nulla mi persuaderà ad aiutare la polizia. Se fosse stato per quei maledetti, anziché la mia effigie, avrebbero bruciato me vivo al palo. Certamente voi non li aiuterete, ma aiuterete me a vuotare questa bottiglia per celebrare un'occasione tanto importante!»

Riuscii comunque a declinare l'invito e a dissuaderlo dall'accompagnarmi a casa come aveva intenzione di fare. Mi tenni sulla strada sino a quando temetti che avrebbe potuto spiarmi, poi tagliai attraverso la brughiera avviandomi verso l'altura pietrosa, al di là della quale il ragazzo era scomparso. Avevo tutto in mio favore, e giurai a me stesso che non sarebbe stato né per mancanza di energia o di perseveranza da parte mia che mi sarei lasciato sfuggire l'occasione che la fortuna aveva gettato sul mio cammino.

Quando arrivai alla sommità della collina il sole era ormai al tramonto, e i lunghi pendii sotto di me erano tinti di oro verde da un lato mentre dall'altro tutto era ombra grigia. Un alone circondava l'estrema linea dell'orizzonte, dalla quale sporgevano le sagome fantastiche del Belliver e del Vixen Tor. Sull'immensa distesa non si udiva suono alcuno, nulla si muoveva. Un unico, grande uccello grigio, forse una procellaria o un chiurlo, si librò alto nel cielo turchino. Pareva che lui e io fossimo i soli esseri viventi tra l'immensa volta del firmamento e la sconfinata solitudine che si stendeva sotto di essa. Quello scenario desolato, un senso di isolamento, il mistero e l'urgenza del mio compito erano tutti elementi che mi stringevano il cuore in una morsa di gelo. Il ragazzo era invisibile, ma sotto di me, in una fenditura tra le colline, vedevo un raggruppamento circolare di abitazioni di pietra, e tra queste ve n'era una con il tetto abbastanza intatto per poter servire da eventuale riparo contro le intemperie. Il cuore mi dette un balzo. Quella doveva certamente essere la tana in cui si nascondeva lo sconosciuto. Finalmente, avrei posato il piede sulla soglia del suo nascondiglio... il suo segreto era ormai a portata di mano.

Mentre mi avvicinavo al rifugio camminando a zigzag, come faceva Stapleton quando, tenendo inclinata la sua rete, si avvicinava alla farfalla, mi accertai che quel luogo fosse effettivamente usato a mo' di abitazione. Un sentiero appena tracciato tra i massi portava a un'apertura sconnessa che serviva da porta. Nell'interno, tutto era silenzio. Forse lo sconosciuto vi si nascondeva in agguato, forse si stava aggirando nella brughiera. I miei nervi si tesero con un fremito, nell'eccitazione dell'avventura. Buttai la sigaretta, strinsi la mano sul calcio della rivoltella e muovendo risolutamente verso l'ingresso guardai nell'interno. L'abitazione era vuota.

Però numerosi indizi dimostravano che non avevo seguito una pista sbagliata. Indubbiamente l'uomo abitava lì. Alcune coperte avvolte in un impermeabile erano posate sulla stessa lastra di pietra su cui aveva dormito un tempo l'uomo neolitico. La cenere di un fuoco era ammucchiata in un camino primitivo. Accanto a essa erano sparpagliati alcuni utensili di cucina e un mastello pieno a metà di acqua. Tutta una pila di scatole di latta vuote indicava che la tana doveva essere abitata da molto tempo, e via via che i miei occhi si abituavano a quella luce smorzata, notai un tegamino e una bottiglia di liquore mezzo piena posata in un angolo. Al centro del rifugio una pietra piatta fungeva da tavola, e su questa stava un fagottello avvolto in una pezza, certo quello che avevo veduto penzolare dalle spalle del ragazzo attraverso il telescopio. Conteneva una pagnotta, una scatola di lingua e due lattine di pesche sciroppate.

Mentre riponevo questi oggetti dopo averli esaminati, il mio cuore diede un balzo nel vedere che sotto c'era un foglio di carta con scritto sopra qualcosa. Lo presi tra le mani ed ecco quello che lessi scarabocchiato rozzamente a matita:

IL DOTTOR WATSON È ANDATO A COOMBE TRACEY

Restai per un istante con quel foglietto tra le mani cercando di comprendere il significato del messaggio. Ero io dunque, non Sir Henry, il sorvegliato dall'uomo misterioso. Non mi aveva seguito personalmente, ma mi aveva messo alle calcagna un suo incaricato – forse il ragazzo – e quella era la relazione di chi mi spiava. Probabilmente da quando mi trovavo nella landa non avevo potuto muovere un passo senza che la mossa fosse osservata e riferita. Ed ecco che di nuovo sentivo intorno a me una forza sconosciuta, una rete sottile che ci circondava con perizia e delicatezza estreme, stringendoci con tanta lievità che solo a tratti qualcuno di noi percepiva di essere caduto tra quelle sue maglie.

Se c'era quindi quel messaggio, potevano benissimo essercene degli altri; quindi mi misi a ispezionare la capanna in cerca di altri eventuali scritti. Ma in questo senso non trovai nulla, nulla che potesse darmi un'idea del carattere o delle intenzioni dell'uomo che abitava in quello strano luogo; doveva essere certo un tipo spartano, che non si curava affatto delle comodità della vita. Pensando alla pioggia che era caduta in abbondanza e guardando il tetto tutto sconnesso mi convinsi che solo uno scopo preciso, incrollabile poteva averlo trattenuto in un luogo così inospitale. Si trattava di un perfido nemico o magari di un angelo custode? A questo punto giurai a me stesso che non me ne sarei andato da quel rifugio sinché non l'avessi saputo.

Il sole stava calando basso all'orizzonte e in quel punto il cielo era un trionfo di rosso e di oro. Gli stagni sparsi nella distante palude rimandavano riflessi vermigli. Lontano si scorgevano le due torri del castello dei Baskerville e più in là il fumo indicava il villaggio di Grimpen. In mezzo, dietro la collina, c'era la casa degli Stapleton.

Era tutto così languido, dolce e quieto nella luce dorata del tramonto, eppure, mentre contemplavo lo spettacolo, non mi sentivo affatto penetrato dalla pace della natura. Mi sentivo, invece, rabbrividire al pensiero di quell'incontro misterioso e terribile che si faceva sempre più imminente. Con i nervi tesi, ma deciso ormai ad andare sino in fondo, mi sedetti in un angolo buio, in attesa dell'ospite.

E infine lo sentii arrivare. Prima distante, poi sempre più vicino, ecco un passo risuonare sulle pietre. Mi sono ritratto ancora più nell'angolo buio e ho caricato la rivoltella, deciso a non muovermi, finché non lo avessi visto. Seguì una lunga pausa, segno che l'uomo si era fermato. Poi i passi ripresero, si avvicinarono... sempre più... finché un'ombra non si è delineata sulla soglia.

«È una serata incantevole, mio caro dottor Watson» ha detto una voce a me così familiare. «Vi consiglio di venire fuori: qui si sta molto meglio.»

12
Morte nella brughiera

Per un istante restai senza fiato, incapace di credere alle mie orecchie. Poi mi ripresi, la voce mi tornò sulle labbra e subito mi sentii sollevato dal pesante macigno della responsabilità. Quella voce fredda, incisiva, ironica, poteva appartenere solo a un uomo al mondo.

«Holmes!» ho gridato. «Holmes!»

«Venite fuori» rispose «e fate attenzione con quella rivoltella.»

Uscii chinando la testa sotto il rudimentale architrave e lo trovai seduto su una grossa pietra, gli occhi grigi che fissavano divertiti l'espressione sbalordita sulla mia faccia. Mi pareva magro, scavato, ma il suo sguardo si muoveva lucido e attento nella maschera abbronzata dal sole e irruvidita dal vento. Con il completo di tweed e il berretto in testa, pareva un turista qualunque a spasso per la brughiera; con quello scrupolo che aveva, da gatto, per la pulizia personale e che era una delle sue caratteristiche fondamentali, aveva fatto in modo che le sue guance e il suo mento fossero perfettamente rasati e quello che indossava fosse immacolato come se si trovasse in Baker Street.

«Non sono mai stato tanto felice d'incontrare una persona in vita mia» ho detto, stringendogli la mano.

«O meglio, tanto sorpreso?»

«Sì, ve lo confesso.»

«Vi assicuro però che la sorpresa non è stata solo vostra.

Sino a quando non sono stato a una ventina di passi dall'ingresso non immaginavo che aveste scoperto questo mio temporaneo ritiro, e tanto meno che vi ci trovaste dentro.»

«Avete riconosciuto le mie orme, immagino.»

«No, Watson, ammetto di non essere in grado di riconoscere le vostre orme tra tutte le altre orme di questo mondo. Ma se avete davvero l'intenzione di indurmi in errore dovete cambiare marca di sigarette; infatti, quando ho visto il mozzicone di sigaretta contrassegnato Bradley, Oxford Street, ho capito che il mio amico Watson si trovava nei paraggi. Se volete vedere il vostro mozzicone è ancora lì presso il sentiero. Senza dubbio lo avete buttato nel momento culminante prima di precipitarvi nel rifugio vuoto.»

«Proprio così.»

«È quello che avevo immaginato... e conoscendo la vostra ammirevole tenacia, ho capito che dovevate esservi rimpiattato in un angolo con un'arma in mano, in attesa del ritorno dell'inquilino del rifugio. Dunque avete veramente pensato che il criminale fossi io?»

«Non sapevo chi foste, ma ero fermamente deciso a scoprirlo.»

«Meraviglioso, Watson! E come avete fatto a rintracciarmi? Mi avete forse visto la notte in cui avete dato la caccia al forzato, quando sono stato tanto imprudente da permettere alla luna di levarsi alle mie spalle?»

«Sì, vi ho visto proprio allora.»

«E senza dubbio avete frugato in tutte le grotte, finché non siete arrivato in questa!»

«No, il vostro ragazzo era stato spiato, e questa informazione mi è servita da guida.»

«Dev'essere stato quel vecchio signore con il telescopio. In un primo momento non avevo capito quando ho visto per la prima volta la luce rifrangersi sulla lente.» Si alzò e dette un'occhiata nel tugurio. «Ah, vedo che Cartwright mi ha portato dei rifornimenti. Cos'è quel foglio? Dunque siete stato a Coombe Tracey, è esatto?»

«Sì.»

«A parlare con la signora Laura Lyons?»

«Proprio così.»

«Avete fatto bene! Evidentemente, le nostre ricerche si sono svolte lungo linee parallele e, quando avremo collazionato i nostri risultati, prevedo che ci troveremo con una discreta padronanza del caso.»

«Bene, mi rallegro di cuore che siate qui perché, francamente, la responsabilità del mistero da cui mi sentivo circondato stava mettendo a troppo dura prova i miei nervi. Ma come avete fatto, in nome del cielo, ad arrivar da queste parti? E cosa avete combinato? Pensavo che vi trovaste in Baker Street a studiare quella storia di ricatto.»

«Appunto questo desideravo che voi pensaste.»

«Così, voi vi servite di me, ma di me non vi fidate» protestai non senza amarezza. «Credevo di godere della vostra stima, Holmes!»

«Mio caro amico, mi siete stato di un aiuto inestimabile in questo caso, come in tanti altri, e vi prego di perdonarmi se vi ho dato l'impressione di avervi preso in giro. In realtà, ho agito così in parte per il vostro bene, e proprio la considerazione del pericolo che correvate mi ha indotto a spingermi sin qui e a studiar la cosa personalmente. Se fossi restato insieme con voi e con Sir Henry, è chiaro che il mio punto di vista sarebbe stato identico al vostro, e la mia presenza avrebbe avvertito i nostri pericolosissimi avversari di stare in guardia. Così, invece, ho potuto agire con una libertà di cui, certo, se fossi vissuto al Maniero, non mi sarebbe stato possibile godere. Attualmente, in questa faccenda, sono ancora un fattore incognito, il che mi dà la possibilità di intervenire, senza incontrare ostacoli, al momento critico.»

«Ma perché mi avete tenuto all'oscuro?»

«Perché, se voi aveste saputo, non avreste potuto esser più d'aiuto, e, forse, involontariamente, mi avreste smascherato. Avreste magari voluto avvertirmi di qualcosa, oppure, premuroso come siete, vi sareste preoccupato di fornirmi qualche assistenza, correndo così un rischio inutile. Ho portato con me Cartwright: vi rammentate di quel ragazzetto dell'agenzia di recapito? Ed è lui che si è occupato dei miei modesti bisogni. Un pezzo di pane e un colletto pulito ogni tanto.

Cosa occorre di più a un uomo? Cartwright mi ha fornito inoltre un paio d'occhi in più e un paio di piedi attivissimi, e queste quattro cose mi sono state di aiuto inestimabile.»

«Dunque, tutti i miei resoconti sono stati inutili.» La mia voce tremò mentre ripensavo alla fatica e all'orgoglio con cui li avevo redatti.

Sherlock Holmes trasse di tasca un fascio di carte.

«Ecco i vostri resoconti, amico mio, e devo dirvi che sono ben scritti. Avevo predisposto ogni cosa in modo eccellente, e mi sono pervenuti con un sol giorno di ritardo. Desidero anzi complimentarmi per lo zelo e l'intelligenza da voi dimostrati in questo caso di una particolare difficoltà.»

Mi sentivo ancora bruciare per l'inganno che mi era stato fatto, ma il calore della lode di Sherlock Holmes dissipò il mio dispetto. E per di più mi rendevo conto che, in fondo, aveva ragione lui e che, dopotutto, era stato un bene per i fini che ci proponevamo l'essere all'oscuro della sua presenza in brughiera.

«Ora sì che va meglio» fece Holmes, constatando che la mia faccia si schiariva. «E ora ditemi il risultato della vostra visita alla signora Lyons; non mi è stato difficile immaginare che eravate andato da lei, poiché già sono informato che la signora è la sola persona a Coombe Tracey che possa esserci d'aiuto in questa faccenda. E, del resto, se non ci foste andato voi oggi, è probabile che ci sarei andato io domani.»

Il sole era ormai tramontato e il crepuscolo si stava addensando nella brughiera. L'aria si era fatta fredda, e ci ritirammo nel suo rifugio in cerca di calore. Seduti insieme nella penombra, riferii a Sherlock Holmes la mia conversazione con la signora. La cosa lo interessò talmente che dovetti ripetergli più di una volta vari particolari, finché non fu completamente soddisfatto.

«È importantissimo» disse quando ebbi concluso. «Questo riempie un vuoto che ancora non ero stato in grado di colmare. Saprete, probabilmente, che tra la signora e Stapleton esiste una profonda amicizia.»

«No, non sapevo che esistesse questa profonda amicizia.»

«Su questo non può sussistere il minimo dubbio. Si vedono, si scrivono, si capiscono. Orbene, questo mette un'arma potentissima nelle nostre mani. Se solo riuscissi a usarla per staccare sua moglie...»

«Sua moglie?»

«Ora vi fornisco qualche informazione io, in cambio di quelle che mi avete fornito voi. La donna che qui passa per signorina Stapleton è, in realtà, sua moglie.»

«Giusto cielo, Holmes! Siete certo di quanto mi dite? Come ha potuto permettere a Sir Henry d'innamorarsi di lei?»

«L'innamoramento di Sir Henry non può recar danno ad altri che a Sir Henry stesso. Stapleton ha fatto bene attenzione che Sir Henry *non potesse* farle la corte, come voi stesso avete notato. Vi ripeto che la signora è sua moglie e non sua sorella.»

«Ma a che scopo un inganno così complicato?»

«Stapleton ha previsto che, in veste di donna libera e indipendente, gli sarebbe stata assai più utile.»

Tutti i miei istinti fatti tacere, i miei sospetti vaghi, presero a un tratto forma e si concentrarono sul naturalista. In quell'uomo impassibile, incolore, con quel suo cappello di paglia e la sua rete acchiappafarfalle, mi parve di vedere un essere spaventoso... una creatura dotata d'astuzia e di pazienza infinite, con il volto sorridente e il cuore omicida.

«È dunque lui il nostro nemico... è lui che ci ha seguiti a Londra?»

«Così pare.»

«Allora l'avvertimento... deve essere arrivato dalla donna!»

«Precisamente.»

La percezione di un'infamia mostruosa, intuita più che compresa, si profilava nell'oscurità che così a lungo mi aveva avviluppato.

«Ma siete ben sicuro di quello che dite, Holmes? Come sapete che quella donna è sua moglie?»

«Perché Stapleton ha commesso l'imprudenza di lasciarsi andare a confidare a voi un brano autenticamente autobiografico della sua vita, durante il suo primo incontro con voi, e sono certo che deve avere rimpianto quell'incontrollato impulso chissà quante volte. È stato, infatti, professore, un tempo, nel Nord dell'Inghilterra. Orbene, nessuna persona è più facile a rintracciarsi di un insegnante. Esistono uffici d'informazione scolastici che ti sanno identificare subito chiunque abbia esercitato la professione. Non mi ci è voluto molto per venire a sapere che una scuola si era effettivamente dissolta in gravi circostanze, e che il suo responsabile, naturalmente sotto un altro nome, era scomparso dalla circolazione insieme con la moglie. Le descrizioni corrispondevano esattamente. Quando ho saputo che l'uomo scomparso era un appassionato di entomologia ho capito che l'identificazione era perfetta.»

L'oscurità totale si andava diradando, ma molte ombre restavano ancora.

«Ma, se questa donna è veramente sua moglie, cosa c'entra la signora Lyons?» domandai.

«Questo è uno dei punti sui quali hanno contribuito a far luce le vostre personali ricerche, perché il vostro colloquio con la signora Lyons ha molto chiarito la situazione. Io non sapevo che tra la signora e suo marito grava l'ombra di un divorzio. Ora, dato che anche la Lyons deve ritenere Stapleton scapolo, contava senza dubbio di diventare sua moglie.»

«E quando si accorgerà di essere stata ingannata?»

«Sarà il momento opportuno di valerci del suo aiuto. Nostro primo compito sarà di andarla a trovare domani. Non vi sembra, Watson, di esservi allontanato anche troppo dal vostro protetto? Il vostro posto dovrebbe essere unicamente ed esclusivamente al Maniero dei Baskerville!»

Le ultime striature rosse del tramonto erano scomparse a occidente, e la notte si era addensata sulla brughiera. Poche fievoli stelle luccicavano nel cielo violetto.

«Ancora una domanda, Holmes» dissi, alzandomi. «Naturalmente, ogni segreto tra me e voi è superfluo: cosa significa tutta questa storia? Cosa vuole quest'uomo?»

La voce di Sherlock Holmes si smorzò in un soffio mentre mi rispondeva: «Vuole uccidere, Watson... si tratta di un delitto raffinato, premeditato, progettato con spaventoso sangue freddo. Non mi chiedete ulteriori particolari, per il momento. Le mie reti si stanno chiudendo su di lui, così come lui tenta di chiuder le sue su Sir Henry; ma, grazie alla vostra collaborazione, Watson, già lo tengo in pugno. Non vi è che un solo pericolo ancora in grado di minacciarci: che lui possa colpire prima che siamo pronti. Ancora un giorno... due al massimo... e i miei dati saranno completi, ma nel frattempo state attento al vostro protetto come potrebbe fare una madre con la propria creatura sofferente. La vostra missione di oggi è ampiamente giustificata, eppure avrei preferito che non vi foste mosso dal fianco di Sir Henry... State a sentire!»

Un grido terribile... un urlo prolungato di orrore e di angoscia squarciò il silenzio della brughiera. A quel suono spaventoso mi sentii raggelare il sangue nelle vene.

«Oh, Dio mio!» gemetti. «Cos'è? Cosa significa?»

Sherlock Holmes era balzato in piedi, e vidi la sua sagoma scura, atletica, profilarsi sulla soglia: teneva le spalle curve, e il capo in avanti, il suo volto scrutava le tenebre.

«Zitto!» mi sussurrò. «Zitto!»

Il grido mi era parso forte a causa della sua intensità, ma era stato certo lanciato da un punto lontano della brughiera silenziosa. Ora, invece, risuonò quasi alle nostre orecchie, assai più che vicino, più violento, più incalzante che mai.

«Dov'è?» mormorò Sherlock Holmes; e intuii dal tono vibrante della sua voce che persino lui, l'uomo di ferro, era scosso nel più profondo dell'animo. «Dov'è, Watson?»

«Qui, credo» dissi puntando l'indice nelle tenebre.

«No, laggiù!»

Ancora una volta l'urlo disperato squarciò il silenzio della notte, sempre più scatenato, sempre più incombente e vi si mescolava un rumore nuovo, come un brontolio cupo, soffocato, musicale e minaccioso insieme, che si alzava e si abbassava ritmicamente, quasi il pulsare sommesso e continuo del mare.

«Il mastino!» esclamò Holmes. «Su, Watson, andiamo! Purché non sia troppo tardi!»

Si era messo a correre attraverso la brughiera, e io lo seguii: ma ecco che da un punto indistinto del terreno ineguale immediatamente di fronte a noi arrivò un ultimo supremo urlo di agonia, poi un tonfo sordo, pesante. Ci fermammo, in ascolto. Nessun altro suono ruppe il silenzio greve della notte senza vento.

Vidi Sherlock Holmes portarsi una mano alla fronte, come un uomo in preda a una disperazione senza scampo; quindi percosse il suolo col piede.

«Ci ha battuti, Watson! Siamo arrivati troppo tardi!»

«No, no, è impossibile!»

«Che imbecille sono stato a non agire prima! E voi, Watson, vedete cosa è successo ad abbandonare il vostro posto? Ma per Dio, se è accaduto il peggio, noi sapremo far vendetta.»

Riprendemmo a correre alla cieca nell'oscurità, inciampando tra massi erratici, aprendoci a viva forza un varco tra cespugli di ginestre, ansimando su per i cigli e precipitandoci lungo i pendii, sempre puntando nella direzione da cui erano giunti quegli spaventosi ululati. A ogni altura Holmes si guardava ansiosamente attorno, ma le tenebre erano fittissime, nella brughiera, e nulla si muoveva in tutta quella lugubre distesa.

«Vedete nulla?»

«Nulla.»

«Ma sentite un poco: cos'è questo?»

Le nostre orecchie avevano percepito un gemito sommesso. Ecco che ora risonava di nuovo sulla nostra sinistra! Da quella parte una catena di rocce culminava in un picco aguzzo, che dava su un pendio cosparso di pietre. Su quella parete scoscesa, irregolare, c'era un oggetto scuro, ancora indistinto. Via via che ci avvicinavamo la sagoma imprecisata assunse un contorno più definito. Era un uomo prostrato, la faccia al suolo, la testa piegata secondo un'angolatura spaventosa, le spalle incurvate e il corpo rattrappito come nell'atto di lanciarsi in un salto mortale. Così grottesca era quella posa, che sul momento non mi fu possibile rendermi conto che il gemito che io avevo udito era stato l'ultimo respiro esalato da quell'uomo ora così assurdamente contorto. Non il più lieve bisbiglio, non il più leggero fruscio ci arrivava ora dalla figura informe su cui ci chinavamo. Sherlock Holmes posò una mano su quelle spoglie e ve la tenne a lungo: a un tratto dal suo petto proruppe una esclamazione di orrore. Accese un fiammifero e la tremula fiammella illuminò le dita coperte di sangue. Una orribile pozza di sangue si andava inesorabilmente allargando dal cranio sfasciato della vittima. E a poco a poco la fiammella ci rivelò qualche altra cosa che ci fece balzare il cuore nel petto e lo riempì di uno sgomento indicibile... poiché quella massa inerte era il corpo di Sir Henry Baskerville!

Né io né Holmes potevamo ingannarci su quel vestito di foggia sportiva e di un particolare colore rossiccio... era proprio quello che il povero baronetto indossava il mattino in cui lo avevamo veduto per la prima volta in Baker Street. Lo riconoscemmo benissimo, poi la fiammella oscillò e si spense, e con essa si spense la speranza nei nostri cuori. Holmes lanciò un gemito, e nell'oscurità la sua faccia luccicò, sbiancata dall'ira.

«Maledetto! Maledetto!» gridai, stringendo i pugni. «Oh, Holmes, non mi perdonerò mai di averlo lasciato solo al suo destino!»

«Io sono da biasimare molto più di voi, Watson! Pur di avere il mio caso completo e definito ho sacrificato la vita del mio cliente. È la più grave colpa della mia carriera. Ma come... come potevo immaginare che si sarebbe arrischiato a uscire nella brughiera a dispetto di tutti i miei ripetuti avvertimenti?»

«Pensare che abbiamo udito le sue grida... Dio mio! che grida spaventose!... e, nonostante questo, non siamo arrivati in tempo a soccorrerlo, a salvarlo! Dove si sarà nascosto il maledetto cane che lo ha ucciso? Forse proprio in questo momento se ne sta appiattato tra quei massi. E Stapleton dov'è? Dovrà pur rispondere del suo misfatto!»

«Si capisce! Penserò io a questo. Zio e nipote sono stati assassinati... il primo è morto di spavento alla sola vista dell'animale, che riteneva soprannaturale, fantastico; l'altro nel tentativo di salvarsi, mentre fuggiva disperatamente. Ora dobbiamo, però, dimostrare il rapporto tra l'uomo e la bestia. Tranne che per quel che ne abbiamo ascoltato, personalmente, non siamo neppure in grado di giurare sull'esistenza di quest'ultima, dal momento che Sir Henry, evidentemente, è morto in seguito alla caduta. Ma, per Dio, nonostante tutta la sua diabolica astuzia, quel farabutto sarà in mio potere in meno di ventiquattr'ore!»

Restammo per qualche tempo, con il cuore dolorante, vicini al cadavere sconciato, sopraffatti da quella sciagura improvvisa e irrevocabile che aveva messo così bruscamente e spiccatamente la parola fine a tutte le nostre lunghe e pazienti fatiche. Poi, quando la luna si alzò, ci inerpicammo sulla cima delle rocce da cui era precipitato il nostro povero amico e da quell'altura scrutammo il mistero della brughiera, per metà d'argento e per metà d'inchiostro. Lontano, a molte miglia da noi, brillava un'unica luce gialla: non poteva provenire che dalla dimora degli Stapleton. Scossi il pugno lanciando un'amara imprecazione e fissai lo sguardo in quella direzione.

«Perché non gli mettiamo subito le mani addosso?»

«Perché gli elementi che possediamo non sono ancora completi. Ci troviamo di fronte a un individuo dotato di un'astuzia e di un'avvedutezza somme. Non serve quel che sappiamo, ma quel che possiamo essere in grado di dimostrare. Se facciamo anche una sola mossa falsa, il farabutto potrebbe sfuggirci di tra le dita un'altra volta.»

«Come dobbiamo comportarci, allora?»

«Domani ci aspettano molti compiti. Stanotte non ci resta che rendere gli ultimi servigi al nostro disgraziato amico!»

Insieme tornammo verso il pendio e ci accostammo al cadavere, nitido ora, nella sua massa cupa, contro le pietre inargentate dalla luna. La vista di quelle membra contorte mi attanagliò il cuore con uno spasimo di pena e mi offuscò gli occhi di lacrime.

«Dobbiamo andare in cerca di soccorsi, Holmes! Non possiamo trasportarlo noi due soli sino al Maniero. Dio santo, vi dà di volta il cervello?»

Holmes aveva lanciato un grido forsennato, infatti, e si era chinato sul cadavere. Ed ecco che adesso ballava e rideva e mi stringeva la mano sino a torcermela. Era mai possibile che quello fosse il mio severo amico, il mio convivente eternamente così controllato? Cosa gli aveva preso? Un improvviso attacco di follia, senza dubbio!

«Ha la barba! La barba! Quest'uomo ha la barba!»
«La barba?»
«Non è il baronetto... è... sì... insomma, è il forzato!»

Con ansia febbrile voltammo il cadavere: una barba incolta si puntò contro la fredda, nitida luna. Non era possibile ingannarsi su quella fronte sporgente, su quegli occhi animaleschi. Era proprio la stessa faccia che mi aveva fissato alla luce della candela incastrata entro la roccia... era la faccia di Selden, l'evaso!

In un attimo compresi la situazione. Mi rammentai che il baronetto mi aveva raccontato di aver regalato a Barrymore il suo guardaroba smesso. Barrymore doveva averne donato una parte a Selden perché potesse ripararsi meglio e fuggire. Scarpe, camicia, berretto... tutto apparteneva a Sir Henry. Il fatto restava pur sempre gravissimo, ma perlomeno quell'uomo, secondo le leggi del suo paese, aveva meritato la morte. Spiegai a Sherlock Holmes come stessero le cose, e mi sentivo il cuore sollevato.

«Dunque sono stati i vestiti a causare la morte di questo poveraccio» commentò Sherlock Holmes. «Evidentemente il cane è stato messo sulle piste mediante qualche capo di vestiario appartenente a Sir Henry, probabilmente la famosa scarpa rubata all'albergo. Vi è però un fatto molto singolare: come mai Selden, così al buio, ha capito che il cane era sulle sue tracce?»

«Lo avrà udito.»

«Udire un cane che latra nella brughiera non può spingere un individuo, incallito al peggio come doveva essere questo galeotto evaso, a un parossismo tale di terrore da correre il rischio di venir catturato mettendosi a invocare aiuto disperatamente. Dalle grida che abbiamo inteso, deve aver certamente corso molto dopo essersi accorto che l'animale lo inseguiva. Come poteva saperlo?»

«Per me il mistero maggiore sta in questo: come mai questo cane, presumendo che tutte le nostre ipotesi siano esatte...»

«Io non presumo nulla.»

«Va bene: perché, dunque, il cane era libero proprio stanotte? Immagino che non scorrazzi sempre per la brughiera.

Stapleton non avrebbe avuto motivo di sguinzagliarlo se non avesse immaginato che Sir Henry doveva trovarsi qui.»

«Il mio problema è molto più grave, poiché io ritengo che ben presto saremo in grado di risolvere il vostro, mentre temo che il mio resterà per sempre un mistero. Per il momento, la questione più urgente è questa: cosa ne facciamo del cadavere di questo poveraccio? Non possiamo lasciarlo qui in pasto alle volpi e ai corvi!»

«Vi proporrei di trasportarlo in uno di questi rifugi sino a quando non potremo metterci in comunicazione con la polizia.»

«Benissimo. Sono sicuro che in due ce la faremo a trascinarlo fin là. Perbacco, Watson, chi è che...? Ma è lui in persona, che razza di faccia tosta e di audacia! Non una parola che possa tradire i nostri sospetti... non una parola, o altrimenti i miei piani se ne vanno tutti quanti a farsi benedire!»

Un uomo si stava avvicinando a noi nella brughiera, scorgevo l'opaco chiarore rossastro della punta di un sigaro acceso. La luna lo illuminava e mi fu facile distinguere la sagoma snella e l'andatura vivace del naturalista. Non appena ci vide si fermò, ma subito riprese a camminare.

«Diamine, dottor Watson, è possibile che siate proprio voi? Siete l'ultima persona che mi sarei aspettato di trovare nella brughiera a quest'ora di notte. Ma, santo cielo, cosa succede? Qualcuno si è fatto male? No... non mi dite che questo è il nostro amico Sir Henry!»

Mi sorpassò velocemente, e si chinò sul cadavere. Lo sentii trattenere bruscamente il fiato, mentre il sigaro gli cadeva dalle dita.

«Chi... chi è quest'uomo?» balbettò.

«È Selden, il forzato evaso da Princetown.»

Stapleton girò verso di noi una faccia spettrale, ma con uno sforzo supremo riuscì a superare lo sbalordimento e il disappunto. Il suo sguardo si posò bruscamente prima su Sherlock Holmes, poi su me.

«Dio santo! Che cosa spaventosa! Come è morto?»

«A quanto pare deve essersi spezzato l'osso del collo cadendo su queste rocce. Il mio amico e io stavamo passeggiando per la brughiera quando abbiamo sentito un grido.»

«L'ho sentito anch'io. È per questo che sono uscito. Ero inquieto per Sir Henry.»

«Come mai proprio per Sir Henry?» non seppi trattenermi dal domandargli.

«Perché gli avevo proposto di venire da me. Mi sono sorpreso di non vederlo arrivare e, quindi, mi sono preoccupato per lui non appena ho sentito echeggiare quelle grida nella brughiera. A proposito...» e i suoi occhi si fissarono nuovamente prima sulla faccia di Sherlock Holmes poi sulla mia «oltre quelle grida non avete inteso altro?»

«No» disse Holmes «e voi?»

«Neppure io» dissi.

«Cosa intendete dire, dunque?»

«Oh, voi sapete quelle storie che raccontano i contadini di un cane fantasma. Dicono che lo si oda di notte nella landa. Mi stavo domandando se questa notte si fosse sentito qualcosa che potesse giustificare una tale credenza.»

«Noi non abbiamo sentito nulla di simile» dissi.

«E qual è secondo voi la causa della morte di questo povero diavolo?»

«L'ansia e le privazioni devono certo averlo fatto uscire di senno. Si sarà messo a correre per la brughiera come un forsennato, finché non avrà inciampato rompendosi così la spina dorsale.»

«Mi sembra un'ipotesi ragionevolissima» ammise Stapleton emettendo un sospiro che io giudicai indice in lui di un evidente sollievo. «E voi cosa ne pensate, signor Sherlock Holmes?»

Il mio amico si inchinò cerimoniosamente.

«Fate molto in fretta a identificare le persone» osservò.

«Vi aspettavamo da queste parti sin da quando è arrivato il dottor Watson. Siete arrivato giusto in tempo per assistere a una tragedia.»

«Già, infatti. Non ho dubbi che la spiegazione del mio amico sia esatta. Ma domani riporterò con me a Londra un ricordo molto sgradevole.»

«Oh, ripartite già domani?»

«Questa è la mia intenzione.»

«Spero che la vostra visita sia riuscita a gettare un po' di luce sugli avvenimenti che ci hanno dato tanta perplessità.»

Sherlock Holmes si strinse nelle spalle. «Non si può sempre ottenere il successo a cui tutti tendiamo. Un investigatore ha bisogno di fatti, non di leggende o di voci. No, non è per me un caso molto soddisfacente.»

Il mio amico si era espresso in un tono di estrema semplicità e franchezza, ma Stapleton continuava a guardarlo fisso. A un tratto si rivolse a me.

«Vi proporrei di trasportare questo poveraccio a casa mia, se non temessi che la cosa potrebbe procurare a mia sorella uno spavento che credo di doverle risparmiare, date le circostanze. Vi propongo pertanto di coprirgli la faccia con qualcosa sino a domattina, quando potremo meglio disporre del cadavere.»

E così fu fatto. Declinando cortesemente l'offerta di ospitalità di Stapleton, Sherlock Holmes e io ci avviammo verso il Maniero dei Baskerville, lasciando solo il naturalista. Quando guardammo indietro, vedemmo la sua figura allontanarsi lentamente per la vasta brughiera; e dietro di lui la nera macchia informe sul pendio inargentato indicava il punto in cui giaceva un uomo che la morte aveva terribilmente punito.

«Siamo ormai ai ferri corti» osservò Sherlock Holmes, mentre camminavamo insieme lungo la brughiera. «Che faccia tosta ha quell'individuo! Come si è ripreso immediatamente, pur avendo davanti a sé uno spettacolo che avrebbe dovuto paralizzarlo, quando si è accorto che non era la vittima predestinata quella caduta per le sue macchinazioni! Ve l'ho detto a Londra, Watson, e lo ripeto ancora: non abbiamo mai avuto un avversario più degno di noi.»

«Mi dispiace che siate stato visto da quell'uomo.»

«Anche a me dispiace, ma non c'era altra alternativa.»

«Che influenza credete potrà avere sui suoi progetti il fatto che ora sa della vostra presenza qui?»

«Forse lo indurrà a essere più cauto, ma potrebbe anche

spingerlo a misure disperate. Come quasi tutti i criminali intelligenti, può darsi che sia troppo fiducioso e sicuro delle proprie doti e creda di averci portati completamente fuori strada.»

«Perché non lo facciamo arrestare subito?»

«Caro il mio Watson, voi siete uomo d'azione nato. I vostri impulsi vi portano sempre a qualcosa di energico. Ma immaginate, per puro piacere di teorizzare, che lo si faccia arrestare stanotte: cosa ne ricaveremmo? Non saremmo in grado di provare nulla contro di lui. In questo consiste la sua astuzia diabolica! Se agisse per mezzo di un sicario umano potremmo ottenere qualche prova sostanziale, ma, anche se riuscissimo a portare questo cagnaccio alla luce del giorno, ciò non basterebbe a mettere la corda al collo del suo padrone.»

«Che razza di situazione!»

«Non abbiamo l'ombra di una prova... ma solo congetture e ipotesi. Belle risate si farebbero a nostre spese in tribunale se ci presentassimo con un racconto e una testimonianza del genere.»

«Ma c'è la morte di Sir Charles!»

«Trovato morto senza neppure un graffio. Voi e io sappiamo che è morto di paura, e sappiamo pure cosa lo ha spaventato; ma come riusciremmo a persuadere di questo dodici giurati tonti? Che tracce vi sono di un eventuale mastino? Dove sono le impronte? E il segno delle sue zanne? Naturalmente, sappiamo che un cane non morde un corpo morto, e che Sir Charles era morto molto prima che la bestia lo raggiungesse. Ma dobbiamo *provare* tutto questo, e purtroppo non siamo in condizione di farlo.»

«E questa notte?»

«Stanotte non abbiamo fatto molti progressi. Anche in questo caso non possiamo stabilire alcun rapporto diretto tra il cane e la morte di Selden. Noi non abbiamo visto l'animale, lo abbiamo solo udito, ma non potremmo certamente dimostrare che corresse sulle piste di Selden. Inoltre ci troviamo di fronte a una completa mancanza di movente. No, amico mio, dobbiamo rassegnarci al fatto che per il momento non possediamo alcuna prova, e che, perciò, vale la pena di correre qualsiasi rischio pur di stabilirne una.»

«E come sperate di ottenere una prova?»

«Nutro grandi speranze che la signora Laura Lyons ci aiuterà quando saprà come stanno esattamente le cose tra lei e Stapleton. Inoltre ho anch'io un mio progetto. Per il momento siamo ancora in svantaggio, ma spero che, entro ventiquattr'ore, saremo finalmente riusciti a portarci in posizione vantaggiosa.»

Non mi fu possibile cavargli di bocca altro, e lui proseguì in silenzio, immerso nei suoi pensieri, sino ai cancelli di Baskerville.

«Entrate?»

«Sì, non vedo ragione per nascondermi ulteriormente. Ma ancora un'ultima parola, Watson! Non dite nulla del cane a Sir Henry. Lasciategli credere che Selden sia morto proprio come Stapleton vuole che si creda. Sarà così in miglior forma per la prova che dovrà affrontare domani, quando andrà a pranzo da quella gente.»

«Ma sono invitato anch'io!»

«In questo caso dovrete inventare una scusa, e lasciarlo andare da solo. Sarà facile. E ora, anche se siamo in ritardo, spero che si possa ottenere almeno uno spuntino di mezzanotte.»

13

Si tiran le reti

Sir Henry si mostrò contento, più che sorpreso, di vedere Sherlock Holmes. Si aspettava, infatti, di vederlo arrivare già da qualche giorno, a causa di quel che era successo negli ultimi tempi. Tuttavia aggrottò le sopracciglia, quando vide che il mio amico scarseggiava di bagagli e di spiegazioni in merito. Ci provammo a giustificare in qualche modo il fatto; più tardi, mentre cenavamo, lo mettemmo al corrente di quanto era accaduto, restando nei limiti convenuti. Ma prima dovetti compiere il triste dovere di annunciare ai Barrymore la morte di Selden.

Per il marito, tutto sommato, fu un sollievo, ma la moglie pianse amaramente, nascondendo la faccia nel grembiule. Per il mondo, quell'uomo rappresentava la violenza, era bestia e demonio insieme; ma per lei continuava a restare il ragazzino testardo della sua adolescenza, il bambino che lei aveva preso per mano. Miserabile è chi non ha una donna che ne pianga la morte.

«Mi sono annoiato tutto il giorno in casa, dopo che Watson è uscito stamattina» disse il baronetto. «Dovete riconoscere che ho mantenuto la promessa. Se non avessi giurato che non sarei uscito da solo, avrei potuto almeno passare una serata piacevole dagli Stapleton, che mi avevano invitato a casa loro.»

«Sono sicuro che avreste avuto senz'altro una serata più movimentata» replicò Holmes asciutto. «A proposito, forse non sapete che noi vi abbiamo pianto credendo che foste stato voi a rompervi l'osso del collo!»

Sir Henry spalancò tanto d'occhi: «Come mai?».

«Quel poveraccio era vestito con abiti vostri. Ho paura che il vostro domestico passerà dei guai con la polizia, poiché indubbiamente è stato lui a fornirgli una parte del guardaroba.»

«Non credo! Per quanto ne sappia io, non avevano alcuna iniziale o altro segno di riconoscimento.»

«Questa è una fortuna per lui, anzi, per dire la verità, è una fortuna per tutt'e due, dal momento che anche voi a questo riguardo vi trovate dalla parte del torto nei confronti della giustizia. Io non sono proprio sicuro che, come poliziotto coscienzioso, il mio primo dovere non sia quello di arrestare tutti i componenti la famiglia. I resoconti di Watson sono documenti gravemente accusatori.»

«Ma parlatemi piuttosto del caso» fece il baronetto. «Siete riuscito a sbrogliare un poco questo dannato imbroglio? Non credo che io e Watson si sia fatta molta strada da quando siamo arrivati qui!»

«Ritengo di poter chiarire tra breve la situazione. È stata una faccenda difficilissima ed estremamente complessa. Vi sono però ancora vari punti su cui non sono riuscito a far luce... ma ci riuscirò, non abbiate timore.»

«Noi abbiamo avuto un'avventura di cui Watson vi avrà certamente riferito. Abbiamo udito con le nostre orecchie il cane nella brughiera; posso quindi giurare che non si tratta solo di una sciocca e vuota superstizione. Mi sono fatto una certa pratica di cani, quando mi trovavo nell'Ovest, e so riconoscerli al latrato. Se riuscirete a mettere una museruola e un guinzaglio a quella bestia, sarò pronto a giurare che siete il più grande poliziotto di tutti i tempi.»

«Credo che riuscirò benissimo ad accalappiarlo e a incatenarlo, purché mi forniate la vostra assistenza.»

«Ditemi quello che devo fare e io lo farò.»

«Benissimo: dovrò però chiedervi di agire ciecamente, senza mai chiedermi il perché.»

«Come volete.»

«Se farete come dico io, ritengo che il nostro piccolo problema sarà ben presto chiarito. Non ho dubbi...»

S'interruppe di botto e restò con lo sguardo fisso a mezz'aria, al disopra della mia testa. La lampada gli batteva sulla faccia, che era così intenta e così immobile che avrebbe potuto benissimo essere quella di una statua classica, dal profilo impeccabile, la personificazione stessa dell'attenzione e dell'attesa.

«Cosa c'è?» chiedemmo tutt'e due, Sir Henry e io.

Capii, mentre abbassava lo sguardo, che Sherlock Holmes stava reprimendo un'intima emozione. I suoi tratti erano pur sempre composti, ma negli occhi gli brillava una luce divertita di esultanza.

«Scusate l'ammirazione di un intenditore» fece indicando con un cenno della mano la fila di ritratti che copriva la parete opposta. «Watson non vuole ammettere che io capisca qualcosa in fatto di arte, ma parla per pura gelosia, perché i nostri punti di vista su questo argomento differiscono in modo assoluto. Per me, per esempio, quei ritratti sono veramente bellissimi.»

«Bene, mi fa piacere che diciate questo» commentò Sir Henry fissando il mio amico con una certa sorpresa. «Non pretendo di intendermi molto di queste cose, e certo saprei giudicare meglio un cavallo o un manzo che non un quadro. Non sapevo che trovaste il tempo anche per queste cose.»

«Io capisco la roba buona quando la vedo, e ora ne vedo una ottima. Quello è uno Kneller, sarei pronto a giurarci, quella dama in seta azzurra laggiù, mentre quel signore grasso con la parrucca non può essere che un Reynolds. Sono tutti ritratti di famiglia, immagino.»

«Dal primo all'ultimo.»

«Ne conoscete i nomi?»

«Barrymore mi ha catechizzato su questo argomento, credo di saper recitare la lezione abbastanza bene.»

«Chi è quel signore con il telescopio?»

«Quello è il viceammiraglio Baskerville, che ha servito sotto Rodney nelle Indie occidentali. Quello col mantello turchino e un rotolo di carta in mano è, invece, Sir William

Baskerville, che fu presidente di commissione alla Camera dei Comuni, al tempo di Pitt.»

«E questo cavaliere di fronte a me... questo in velluto nero e merletto?»

«Ah, avete ben ragione di voler essere informato su questo personaggio. Questo qui è la causa di tutti i nostri guai, il malvagio Hugo, che ha dato la stura alla leggenda del mastino dei Baskerville. Non sarà facile dimenticarcene.»

A mia volta guardai il ritratto con interesse e con una certa sorpresa.

«Diamine!» osservò Holmes «parrebbe un individuo tranquillo, di animo mite, ma, è vero, i suoi occhi paiono nascondere una luce diabolica. Però me l'ero immaginato più robusto e di aspetto più feroce.»

«Eppure non vi è dubbio sull'autenticità dell'opera, poiché il nome e la data, 1647, sono trascritti sul retro della tela.»

Sherlock Holmes aggiunse solo poche altre parole; ma pareva che il vecchio perverso esercitasse su di lui un fascino speciale, poiché i suoi occhi tornavano continuamente a fissarne il ritratto durante tutta la cena. Solo più tardi, dopo che Sir Henry si fu ritirato nella sua camera, riuscii a capire il corso dei suoi pensieri. Mi ricondusse nella sala da pranzo, con la candela accesa in mano, e ne avvicinò la luce al ritratto macchiato dal tempo che pendeva dalla parete.

«Non ci trovate nulla di speciale?»

Osservai il largo cappello piumato, le lunghe ciocche ricciute, il bianco colletto di pizzo, la faccia pallida che ne era incorniciata. Non era un tipo brutale, ma piuttosto azzimato, severo, con una bocca fermamente disegnata, le labbra sottili, l'occhio freddo, fanatico.

«Non vi pare somigliare a qualcuno di vostra conoscenza?»

«Ha qualcosa di Sir Henry nella mascella.»

«Forse. Aspettate un istante!»

Salì su una seggiola, e tenendo la candela nella mano sinistra, coprì con il braccio destro l'ampio cappello e i lunghi riccioli.

«Dio mio!» esclamai sbalordito.

Fuor della tela era balzata la faccia di Stapleton.

«Ah, ve ne siete accorto pure voi, finalmente! I miei occhi si sono addestrati a studiare le facce, indipendentemente dalle acconciature. La prima dote di un criminologo consiste nel vedere attraverso un travestimento.»

«Ma è fantastico! Si direbbe il suo ritratto!»

«Già, è un interessante esempio di ricorrenza atavica, che si è manifestata non solo fisicamente ma anche spiritualmente. Basterebbe lo studio dei ritratti di famiglia per convertire un uomo alla dottrina della reincarnazione. Stapleton è un Baskerville... la cosa è evidente.»

«Che aspira alla successione.»

«Precisamente. Questa combinazione del ritratto ci ha fornito uno dei più importanti anelli mancanti. Lo teniamo, Watson, lo teniamo, e sono pronto a giurare che entro ventiquattro ore si dibatterà nella nostra rete, impotente e senz'ali come una delle sue farfalle. Uno spillo, un sughero, un cartiglio, e lo aggiungeremo alla collezione di Baker Street!»

Mentre si allontanava dal quadro scoppiò in una delle sue rare risate. Lo avevo inteso ridere raramente, e le sue risate avevano sempre presagito sciagura a qualcuno.

La mattina seguente fui in piedi per tempo, ma Sherlock Holmes si era alzato ancor prima di me, poiché lo vidi venir su per il viale mentre mi vestivo.

«Sì, oggi dovremmo proprio avere una giornata piena» osservò, fregandosi le mani nel pregustare il piacere dell'azione. «Le reti sono tese, e la pesca sta per incominciare. Sapremo prima di sera se avremo preso il nostro grosso luccio dalla mascella magra, o se ci sarà sfuggito tra le maglie.»

«Siete già stato in brughiera?»

«Ho mandato un dispaccio da Grimpen a quelli di Princetown, per informarli della morte di Selden. Credo di poter promettere con sicurezza che nessuno di voi avrà seccature in proposito. E ho anche informato il mio fedele Cartwright che certo sarebbe restato a uggiolare davanti alla porta del mio rifugio, come farebbe un cane accanto alla tomba del proprio padrone, se non lo avessi rassicurato circa la mia incolumità personale.»

«Qual è la vostra prima mossa?»

«Parlare con Sir Henry. Ah, eccolo!»

«Buongiorno, Holmes» disse il baronetto. «Mi fate l'impressione di un generale che stia concertando un piano di operazioni con il proprio capo di stato maggiore.»

«È proprio così. Watson mi stava chiedendo ordini.»

«È quello che voglio fare anch'io.»

«Ottimamente. Se sono bene informato, questa sera siete invitato a pranzo dai nostri amici Stapleton.»

«Spero che verrete anche voi. Sono gente molto ospitale, e son certo che saranno felicissimi di vedervi.»

«Io e Watson dobbiamo ritornare a Londra.»

«A Londra?»

«Sì, credo che, date le circostanze, la nostra presenza sarà più utile laggiù che non qui.»

La faccia del baronetto si allungò visibilmente. «Speravo proprio che avreste risolto questa faccenda. Il Maniero e la brughiera non sono luoghi molto piacevoli quando uno è solo!»

«Caro amico mio, dovete avere la più assoluta fiducia in me ed eseguire alla lettera i miei ordini. Direte ai vostri amici che saremmo stati felicissimi di accompagnarvi, ma che un affare urgente ci ha richiamati in città e che speriamo di ritornare nel Devonshire al più presto. Vi ricorderete di riferirgli esattamente questo?»

«Se insistete.»

«Non vi è altra alternativa, ve lo assicuro.»

Capii dalla faccia rabbuiata del baronetto che era profondamente offeso da quello che considerava un vero e proprio tradimento da parte nostra.

«Quando avete intenzione di partire?» domandò freddamente.

«Subito dopo colazione. Ci recheremo prima a Coombe Tracey, ma Watson lascerà la sua roba come pegno di un suo prossimo ritorno. Watson, voi manderete un biglietto a Stapleton per esprimergli il vostro rincrescimento di non poter accettare il suo invito.»

«Avrei intenzione di venire a Londra con voi» esclamò il baronetto. «Perché dovrei restarmene qua tutto solo?»

«Perché è qui il vostro posto, e il vostro dovere vi impone di restare. Perché mi avete dato la vostra parola d'onore che avreste fatto come io vi avrei ordinato, e io vi ordino di restare.»

«Va bene. Se è così, resterò.»

«Ancora una cosa! Voglio che andiate a Merripit House in carrozza. Però rimandatela indietro, e fate capire che avete intenzione di rientrare a piedi.»

«Dovrei attraversare la brughiera a piedi?!»

«Sì.»

«Ma se questo è proprio quanto voi mi avete sempre raccomandato di non fare!»

«Questa volta però potrete farlo senza pericolo. Non ve lo consiglierei se non avessi la massima fiducia nei vostri nervi e nel vostro coraggio, ma è essenziale che mi ubbidiate.»

«Allora eseguirò i vostri ordini.»

«E se ci tenete alla vita, attraversate la brughiera nella sola direzione del sentiero che porta da Merripit House alla strada di Grimpen, e che, del resto, è il percorso più logico per tornare a casa vostra.»

«Farò esattamente come dite.»

«Benissimo. Sarei lieto di partire al più presto, subito dopo la prima colazione, in modo da essere a Londra nel pomeriggio.»

Questo programma mi stupì moltissimo, per quanto ricordassi che Sherlock Holmes aveva detto a Stapleton la sera precedente che la sua visita avrebbe avuto termine l'indomani. Non avevo pensato all'eventualità di doverlo accompagnare, né mi riusciva di capire come mai ci dovessimo assentare tutt'e due proprio nel momento che lui stesso aveva definito risolutivo. Ma a me non restava che obbedire ciecamente. Salutammo pertanto il nostro amico piuttosto immalinconito, e due ore dopo eravamo alla stazione di Coombe Tracey. Un ragazzino ci aspettava sul marciapiede.

«Avete ordini, signore?»

«Prenderai questo treno per Londra, Cartwright. Nel momento in cui arriverai, spedirai a Sir Henry Baskerville un telegramma a mio nome dicendo che, se ha trovato il portafogli da me smarrito, dovrà mandarlo per posta raccomandata a Baker Street.»

«Sissignore.»

«E domanda all'ufficio della stazione se c'è nulla per me.»

Il ragazzo ritornò con un telegramma che Sherlock Holmes mi porse. Diceva: "Ricevuto telegramma. Arriverò ore 5.40 con mandato d'arresto in bianco. – Lestrade".

«Questa è la risposta a un mio telegramma di stamane. È uno dei nostri migliori ispettori di polizia, lo sapete, e credo che avremo bisogno del suo aiuto. E adesso, Watson, penso che non potremmo impiegare meglio il nostro tempo come andando a fare visita alla nostra amica signora Laura Lyons.»

Il suo piano incominciava ad apparirmi chiaro. Sherlock Holmes voleva servirsi del baronetto allo scopo di convincere gli Stapleton che noi eravamo effettivamente partiti, invece saremmo stati di ritorno nel momento esatto in cui il nostro intervento si sarebbe dimostrato necessario. Quel telegramma da Londra, se Sir Henry ne avesse parlato agli Stapleton, avrebbe tolto dai loro animi ogni ulteriore possibilità di sospetto. Già mi pareva di vedere stringersi le nostre reti intorno a quel luccio dalla mascella scabra.

La signora Laura Lyons era nel suo ufficio, e Sherlock Holmes intavolò la conversazione con una franchezza e una semplicità di modi che stupirono notevolmente la signora.

«Sto indagando sulle circostanze relative alla morte di Sir Charles Baskerville» attaccò subito. «Il mio amico qui presente, dottor Watson, mi ha riferito di quanto voi gli avete detto, come pure di quanto voi *non avete detto* in rapporto a questo avvenimento.»

«Cosa *non ho detto*?» domandò la signora in tono di sfida.

«Avete ammesso di aver pregato Sir Charles di trovarsi al cancelletto alle dieci. Noi sappiamo che quelli furono il luogo e l'ora della sua morte. Ma voi non ci avete voluto dire quale rapporto esista tra questi fatti.»

«Ma non vi è alcun rapporto!»

«In tal caso si tratta di una coincidenza veramente straordinaria. Io, però, ritengo che, nonostante tutto, riusciremo a stabilire un rapporto. Desidero essere franco con voi, signora Lyons. Noi riteniamo che questo sia un caso di omicidio, e le prove potranno implicare non solo il vostro amico signor Stapleton, ma anche sua moglie.»

La signora balzò sulla seggiola. «Sua moglie!» esclamò.

«Non si tratta più di un segreto. La persona che fa passare per sua sorella è, in realtà, sua moglie.»

La signora Lyons, intanto, era tornata a sedersi. Le sue mani stringevano convulsamente i braccioli della poltrona, e io notai che sotto la pressione di quella stretta le sue unghie rosate erano diventate bianche.

«Sua moglie!» ripeté. «Sua moglie! Ma non è sposato.»

Sherlock Holmes si strinse nelle spalle.

«Dimostratemelo! Dimostratemelo! E se ci riuscirete...» La luce selvaggia che le balenò negli occhi fu più eloquente di un fiotto di parole.

«Sono venuto qui da lei appunto per questo» disse Sherlock Holmes, traendo di tasca alcune carte. «Ecco una fotografia della coppia presa a York quattro anni fa. È intestata ai "Coniugi Vandeleur", ma voi non avrete difficoltà a riconoscere lui e anche lei, se la conoscete di vista. Ecco qui tre descrizioni firmate da testimoni degni di fede concernenti la signora e il signor Vandeleur, i quali a quel tempo dirigevano la scuola privata di St Olivier. Leggetele, e vedete se potete ancora dubitare dell'identità di questa gente.»

Dopo aver dato qualche occhiata ai documenti, la signora ci fissò con l'espressione dura e rigida di una creatura in preda alla disperazione.

«Signor Holmes,» disse «quest'uomo mi aveva offerto di sposarmi a patto che io ottenessi il divorzio da mio marito. Mi ha mentito, farabutto, nel modo più ignobile. Non mi ha mai detto una parola che sia una di verità. E perché... perché? Io immaginavo che fosse solo per amor mio: ma ora capisco di essere stata per lui appena uno strumento da usare. Perché dovrei serbar fede in chi non ne ha mostrato alcuna in me? Perché dovrei cercare di proteggerlo dalle conseguenze dei suoi atti malvagi? Chiedetemi quello che volete, e io non vi nasconderò assolutamente nulla. Un'unica cosa, però, vi giuro, ed è questa: che quando ho scritto quella lettera non pensavo neppure lontanamente di recar danno al povero Sir Charles, che si era sempre mostrato con me un amico perfetto.»

«Io vi credo pienamente, signora» rispose Sherlock Holmes. «Certo, parlare di questi avvenimenti vi sarà molto doloroso, e forse vi sarà più facile se sarò io a dirvi quel che è successo, e voi mi correggerete se farò qualche errore. L'invio di quella lettera vi fu suggerito da Stapleton?»

«È stato lui a dettarmela.»

«Immagino che la ragione che vi ha addotto è stata che avreste ricevuto aiuti da parte di Sir Charles per le spese legali relative al vostro divorzio!»

«È esatto.»

«E in seguito, dopo avervi fatto inviare la lettera, vi ha dissuasa dal recarvi all'appuntamento.»

«Mi ha detto che si sarebbe sentito ferito nella sua dignità, se fosse stato un altro uomo a pagare per quello scopo e che, sebbene non potesse davvero dirsi ricco, avrebbe speso sino all'ultimo centesimo pur di rimuovere gli ostacoli che ci dividevano.»

«Parrebbe un uomo dal carattere molto fiero! E poi non avete più saputo nulla finché non avete letto nel giornale la notizia della morte di Sir Charles.»

«È così.»

«Quindi Stapleton vi ha fatto giurare di non dir nulla a proposito del vostro appuntamento con Sir Charles.»

«Proprio così! Mi ha spiegato che si trattava di una morte molto misteriosa, e che i sospetti sarebbero certo ricaduti su di me se si fosse saputo dell'appuntamento. Mi ha così spaventata da costringermi al silenzio.»

«Già! Però voi avevate dei sospetti?»

La donna esitò e abbassò lo sguardo. «Lo conoscevo bene» disse. «Ma se lui fosse stato sincero con me, io non lo avrei mai tradito.»

«Credo che nel complesso l'abbiate scampata bella» dichiarò Sherlock Holmes. «Lo avevate in pugno, lui lo sapeva, e nonostante questo siete ancora viva, ringraziate il cielo. Avete camminato sull'orlo di un precipizio. E ora dobbiamo salutarvi, signora, ma è probabile che tra non molto riudrete parlare di noi.»

«Il nostro caso si sta chiarendo, e i nodi si vanno sciogliendo uno dopo l'altro» osservò Sherlock Holmes mentre sostavamo alla stazione, in attesa del rapido da Londra. «Ben presto sarò in grado di esporre in un'unica narrazione coerente e concreta uno tra i più singolari e sensazionali delitti dei nostri tempi. Gli studiosi di criminologia rammenteranno i casi analoghi accaduti a Grodno, nella Piccola Russia, nel 1866, e naturalmente vi sono gli omicidi Anderson avvenuti nella Carolina del Nord; ma questo caso presenta alcuni tratti assolutamente unici. Persino in questo momento non siamo ancora in possesso di una prova concreta contro questo genio del male. Ma sarei veramente sorpreso se lui stesso non ce ne fornisse una entro ventiquattro ore.»

Il rapido da Londra entrò sbuffando in stazione, e un uomo piccolo e irsuto come un molosso balzò a terra da uno scompartimento di prima classe. Ci scambiammo tutt'e tre energiche strette di mano, e io mi accorsi subito, dal modo deferente col quale Lestrade si rivolgeva al mio amico, che doveva aver imparato molto dal mio compagno da quel tempo ormai lontano in cui avevamo incominciato a lavorare insieme. Ricordavo perfettamente il disprezzo che le teorie del Ragionatore solevano suscitare in quell'uomo che si piccava d'essere pratico.

«Novità interessanti?» domandò Lestrade.

«È il caso più importante che mi si sia presentato da anni» rispose Sherlock Holmes. «Abbiamo due ore davanti a noi prima di metterci in moto. Credo che potremo impiegarle mangiando, e poi, Lestrade, vi toglieremo dalla trachea la nebbia londinese offrendovi un sorso di pura aria notturna del Dartmoor. Non ci siete mai stato? Ah, bene, non credo che dimenticherete questa vostra prima visita.»

14

Il mastino dei Baskerville

Uno dei difetti di Sherlock Holmes, dato e non concesso che fosse un difetto, consisteva nel fatto che era estremamente restio a mettere al corrente chiunque altro dei suoi piani sino al momento dell'esecuzione. In parte, questo era indubbiamente dovuto al suo forte temperamento: alla necessità che provava di dominare e di stupire chi gli stava vicino. In parte era altrettanto indubbiamente dovuto a un senso di cautela professionale: al desiderio di non correre rischi inutili. Tuttavia questo modo di procedere poneva abbastanza a dura prova coloro che si trovavano ad agire come suoi emissari e collaboratori. Personalmente avevo spesso sofferto di questo suo difetto, ma mai tanto intensamente come durante quella lunga scarrozzata nelle tenebre. Davanti a noi si profilava una terribile prova: stavamo finalmente per compiere il balzo definitivo, e ancora Sherlock Holmes non aveva detto una parola. Potevo solo supporre come e quando sarebbe passato all'azione. I miei nervi vibravano eccitati quando il vento freddo che prese a batterci in piena faccia e gli spazi sempre più bui e vuoti su ciascun lato dell'angusta strada mi dissero che eravamo ritornati ancora una volta in brughiera. Ogni zoccolar dei cavalli, ogni cigolio delle ruote ci avvicinava sempre di più alla nostra avventura suprema.

La nostra conversazione era impedita dalla presenza del conducente della carrozza da nolo, così eravamo costretti a chiacchierare dei più futili argomenti mentre eravamo tesi al massimo per l'emozione e l'ansia. Fu un sollievo per me, dopo quella forzata costrizione, quando superammo finalmente la casa di Frankland e capii che ormai mancava poco al Maniero, e al teatro dell'azione. Non ci facemmo portare sino all'ingresso, ma scendemmo in prossimità del cancelletto del viale. Pagammo la vettura e ordinammo al conducente di ritornare a Coombe Tracey, mentre noi ci avviavamo in direzione di Merripit House.

«Siete armato, Lestrade?»

Il piccolo poliziotto sorrise. «Sino a quando avrò un paio di pantaloni, avrò una tasca posteriore, e, sino a quando avrò una tasca posteriore, ci terrò sempre dentro qualcosa.»

«Bene, anche il mio amico e io siamo pronti, in caso di bisogno.»

«Mi pare che siate molto vicino alla conclusione di questa faccenda, signor Holmes. A che gioco giochiamo?»

«Al gioco dell'attesa.»

«Parola d'onore, non mi pare un posto molto allegro» affermò il poliziotto rabbrividendo e lanciando uno sguardo perplesso ai lugubri pendii della collina e all'immenso lago di nebbia che si estendeva sopra la Palude di Grimpen. «Vedo le luci di una casa, davanti a noi.»

«Quella è Merripit House ed è anche il termine del nostro viaggio. Devo pregarvi di camminare in punta di piedi e di parlare a voce bassissima.»

Ci avviammo cautamente lungo la pista, quasi fossimo diretti verso la casa, ma a circa un duecento metri Sherlock Holmes ci ordinò di fermarci.

«Basta così» disse. «Queste rocce a destra ci faranno magnificamente da schermo.»

«Dobbiamo aspettare qui?»

«Sì. Prepareremo qui la nostra piccola imboscata. Mettetevi in quella buca, Lestrade. Siete stato nella casa, vero, Watson? Sapreste dirmi la posizione delle stanze? Cosa sono quelle finestre con le grate da quella parte?»

«Credo siano le finestre della cucina.»

«E quell'altra laggiù, così illuminata?»

«Quella è certamente la sala da pranzo.»

«Le imposte sono aperte. Voi conoscete meglio di noi due la disposizione del terreno. Strisciate avanti senza far rumore e guardate cosa stanno facendo... ma, per amor del cielo, non fate loro capire che sono spiati!»

Avanzai in punta di piedi lungo il sentiero e mi chinai dietro il muretto basso che circondava l'orto. Strisciando nell'ombra raggiunsi un punto da cui mi era facile guardare direttamente la finestra non protetta dalle tendine.

Nella stanza c'erano solo i due uomini, Sir Henry e Stapleton. Sedevano da una parte e dall'altra della tavola rotonda e mi offrivano in visione il profilo. Fumavano tutt'e due un sigaro, e davanti a loro erano posati vino e caffè. Stapleton discorreva con animazione, ma il baronetto era piuttosto pallido e aveva un'espressione distratta. Forse il pensiero della passeggiata solitaria che lo aspettava in quella landa di malaugurio pesava tristemente sul suo spirito.

Mentre li osservavo, Stapleton si alzò e lasciò la stanza, e Sir Henry si riempì un altro bicchiere e si allungò sullo schienale della sedia, emettendo grossi sbuffi di fumo. Sentii il cigolio di una porta e uno scricchiolare di scarpe sulla ghiaia. I passi si allontanavano lungo il sentiero, dalla parte opposta del muro sotto il quale io mi ero acquattato. Aguzzando lo sguardo, vidi il naturalista fermarsi presso l'uscio di un casotto per attrezzi che sorgeva in un angolo dell'orto. Udii girare una chiave nella toppa e, mentre entrava, dall'interno della piccola costruzione uscì uno strano rumore, come di zuffa. Restò all'interno solo un momento o poco più, quindi udii nuovamente girare la chiave, e lui mi passò davanti e rientrò in casa. Lo vidi rientrare presso il suo ospite, e me la svignai piano piano per tornare dai miei compagni e riferir loro quanto avevo visto.

«Siete sicuro, Watson, che non ci sia la signora?» mi domandò Sherlock Holmes, quando ebbi terminato il mio racconto.

«Sì.»

«Dove può essere dunque, dal momento che le altre stanze non sono illuminate tranne la cucina?»

«Non ne ho la più pallida idea.»

Ho già accennato come sopra la grande Palude di Grimpen si fosse addensata una fitta nebbia bianca. Questa stava muovendo lentamente verso di noi, e si andava ammucchiando come un muro proprio sul nostro lato, bassa, ma fitta e compatta. La luna brillava su questa massa, facendola somigliare a un grande campo di ghiaccio scintillante da cui spuntavano come rocce nate sulla sua superficie le guglie dei picchi lontani. Sherlock Holmes si era girato verso quel mare di nebbia, e un'espressione di impazienza gli sfuggì dalle labbra.

«Sta avanzando verso di noi, Watson.»

«È grave?»

«È gravissimo... è in realtà la sola cosa al mondo in grado di scompigliare i miei piani. Non può tardare molto, ormai. Sono già le dieci. Il nostro successo e la vita stessa di Sir Henry possono dipendere dal fatto che egli esca prima che la nebbia si addensi sul sentiero.»

In alto, sopra di noi la notte era chiara e serena. Le stelle lucevano fredde e una mezza luna bagnava il paesaggio di una luce tenera e vaga. La casa era una massa scura, compatta davanti a noi con il suo tetto dentellato e i suoi aguzzi comignoli nitidamente sagomati contro il cielo striato d'argento. Raggi di luce dorata si allungavano dalle finestre del piano terreno, attraverso l'orto e sin sulla landa. Uno di quei fasci si spense improvvisamente. I domestici avevano lasciato la cucina. Ora non restava più che la lampada della sala da pranzo, dove i due uomini, l'anfitrione omicida e l'ospite inconsapevole, ancora chiacchieravano, tra una nuvola di fumo e l'altra dei loro sigari.

Di istante in istante la bianca coltre lanosa che copriva metà della brughiera si andava avvicinando maggiormente alla casa di Stapleton. Già le prime nuvolette sottili si avvolgevano intorno al riquadro della finestra illuminata. Già il muro più lontano dell'orto era diventato invisibile, e gli alberi si erano lasciati avviluppare da mulinelli di candido vapore. Mentre osservavo il fenomeno, le avanguardie di nebbia avanzarono strisciando attorno ai due angoli della casa e si fusero lentamente in un unico banco fittissimo, sul quale il piano superiore e il tetto fluttuavano come una nave irreale su un mare d'ombra. Sherlock Holmes batté la mano in un gesto di disperazione contro il masso che aveva di fronte, e picchiò per terra il piede con impazienza.

«Se non esce tra un quarto d'ora, il sentiero sarà tutto coperto, e tra mezz'ora non saremo in grado di vedere neppure le nostre mani.»

«Dobbiamo spostarci più indietro, su un terreno più elevato?»

«Sì, credo sia meglio.»

Così, mentre il banco di nebbia avanzava inesorabilmente, arretrammo sino a che fummo a mezzo miglio dalla casa, ma, senza soste, quel denso muro bianco, con la luna che ne inargentava il margine superiore, avanzava lentamente, sempre più vicino.

«Ci stiamo allontanando troppo» osservò Sherlock Holmes. «Non possiamo correre il rischio che lui venga attaccato prima che possa raggiungerci. Bisogna che restiamo a tutti i costi dove siamo.» Si lasciò cadere sui ginocchi e accostò l'orecchio al suolo. «Sia ringraziato il cielo! Mi pare di sentirlo arrivare.»

Un rumore di passi affrettati ruppe il silenzio della brughiera. Acquattati fra le pietre, fissammo con un'intensità quasi dolorosa il banco di nebbia soffuso d'argento che si stendeva dinanzi a noi. I passi diventarono più forti, e attraverso la foschia, come attraverso una tenda, uscì l'uomo che noi stavamo aspettando. Si guardò attorno sorpreso di emergere nella notte chiara, stellata. Poi riprese a camminare rapidamente lungo il sentiero, passò vicino al punto in cui noi eravamo nascosti, e proseguì su per il lungo pendio alle nostre spalle. Mentre camminava si guardava continuamente indietro, palesando disagio.

«Attenzione!» esclamò Sherlock Holmes, e udii il secco rumore dello scatto della sicura della rivoltella. «Attenzione! Arriva!»

Arrivò al nostro orecchio uno scalpiccio di piccoli passi che proveniva dal fitto di quella colonna strisciante di nebbia. La nebbia era a cinquanta metri circa dal nostro nascondiglio, e noi la fissavamo tutt'e tre, inconsapevoli dell'orrore che stava per sbucare da essa. Io ero al fianco di Sherlock Holmes, e per un istante lo vidi in faccia. Era pallido, esultante, e i suoi occhi avevano una luce innaturale nel chiarore lunare. Ma a un tratto, impietrì: le pupille dilatate, le labbra dischiuse in muto sbalordimento. Nel medesimo istante Lestrade lanciò un urlo di terrore e si buttò prono sul terreno. Io balzai in piedi mentre la mia mano stringeva la rivoltella, la mente paralizzata dalla spaventosa apparizione che era balzata di fronte a noi attraverso le spirali della nebbia. Era un cane, un cane enorme, nero come la pece, ma non un cane che occhi mortali potessero aver mai visto. Dalla bocca spalancata, quella creatura mostruosa eruttava fuoco, e i suoi occhi lucevano di una fiamma smorzata, e il muso, il collo, la gola erano delineati da un vacillante bagliore. Mai, neppure nei sogni allucinati di un cervello impazzito sarebbe stato possibile concepire qualcosa di più tremendo, di più ossessivo, di più infernale di quella forma scura, di quell'apparizione selvaggia sbucata fuori dal muro di nebbia.

A lunghi balzi l'enorme mostro nero procedeva lungo la pista, seguendo le orme del nostro amico. Restammo talmente paralizzati da quella visione che lo lasciammo passare prima di aver ricuperato il nostro sangue freddo; ma subito Holmes e io sparammo insieme, e il mostro lanciò un ululato spaventoso che ci dimostrò come almeno uno di noi lo avesse colpito. Non si fermò tuttavia, ma seguitò a correre innanzi a grandi salti. Lontano sul sentiero vedemmo Sir Henry voltarsi, il volto pallidissimo nella luce lunare, le mani alzate in un gesto di orrore, gli occhi fissi disperatamente sull'incubo che gli stava dando la caccia.

Ma quel grido di dolore lanciato dall'animale aveva disperso ai venti tutti i nostri timori. Se era vulnerabile, era dunque mortale, e, se ci era stato possibile ferirlo, ci sarebbe stato certamente possibile ucciderlo. Non vidi mai correre nessuno come vidi correre Sherlock Holmes quella notte. Credo di saper correre ma lui mi superò con la stessa facilità con la quale superai il piccolo ispettore. Davanti a noi, mentre letteralmente volavamo lungo la pista, udimmo echeggiare le urla ripetute di Sir Henry e il pauroso ululato del mastino. Ebbi giusto il tempo di vedere l'animale balzare sulla sua vittima, scaraventandola al suolo e attaccarglisi alla gola. Ma un attimo dopo, Sherlock Holmes gli aveva vuotato i cinque colpi della sua rivoltella nei fianchi. Con un ultimo latrato d'agonia e un pauroso salto in aria la bestia rotolò sul dorso, con le quattro zampe annaspanti furiosamente, e poi giacque inerte su un lato. Mi fermai ansante e puntai la mia pistola su quella spaventosa testa grondante di luce, ma mi fu inutile premere il grilletto. Il gigantesco cane era morto.

Sir Henry giaceva privo di sensi nel punto in cui era caduto. Gli strappammo il colletto, e Sherlock Holmes respirò di sollievo quando poté accertare che non c'erano tracce di ferite, che eravamo arrivati in tempo per salvare il nostro amico. Già cominciava a muovere le palpebre e compì persino un debole tentativo di rialzarsi. Lestrade gli ficcò tra i denti la sua fiaschetta di acquavite, e due occhi spaventati si fissarono su di noi.

«Dio mio» mormorò Sir Henry. «Cos'era? Cos'era, in nome del cielo?»

«Qualsiasi cosa sia stato, è morto» rispose Sherlock Holmes. «Abbiamo sistemato una volta per sempre il vostro spettro di famiglia.»

L'animale che giaceva lì ai nostri piedi era terribile a vedersi non fosse altro che per le dimensioni e la possanza. Non era un cane poliziotto puro e neppure un mastino puro: si sarebbe detto un incrocio delle due razze... era magro, selvaggio, e grande quanto una piccola leonessa. Persino ora, nell'immobilità della morte, le enormi mascelle parevano grondare fiamme bluastre, e gli occhi piccoli, infossati, crudeli, erano cerchiati di fuoco. Posai la mano sul suo muso luccicante, e, quando l'allontanai, anche le mie dita presero a brillare e a scintillare nell'oscurità.

«Ma questo è fosforo!» esclamai.

«Preparato con molta arte» confermò Sherlock Holmes annusando l'animale esanime. «Non ha nessun odore in grado di interferire con la sua capacità di fiuto. Vi dobbiamo infinite scuse, Sir Henry, per avervi esposto a un così grande spavento. Io ero preparato a vedermi davanti un cane, ma non un mostro come questo! La nebbia poi ci ha concesso ben poco tempo per riceverlo degnamente.»

«Mi avete salvato la vita.»

«Non senza però averla prima messa in pericolo! Vi sentite abbastanza forte da reggervi in piedi?»

«Datemi un'altra sorsata di acquavite, e mi sentirò pronto a tutto. Ecco! E adesso, se volete aiutarmi ad alzarmi, cosa proponete di fare?»

«Lasciarvi qui. Non siete in condizioni per questa notte di sopportare altre avventure. Se vorrete aspettarci, qualcuno di noi vi riaccompagnerà al Maniero.»

Sir Henry tentò di rizzarsi in piedi, ma era ancora mortalmente pallido e tremava come una foglia. Lo adagiammo su un masso, dove si rannicchiò rabbrividendo e nascondendosi la faccia tra le mani.

«E adesso bisogna che vi lasciamo» disse Sherlock Holmes. «Dobbiamo sbrigare il resto del nostro lavoro, e ogni istante può essere d'importanza capitale. Abbiamo ormai in mano la chiave dell'enigma, e non ci resta ora che acciuffare il nostro uomo.»

«Abbiamo una probabilità su mille di trovarlo in casa» proseguì mentre ritornavamo rapidamente su per il sentiero. «La sparatoria deve averlo avvertito che il suo gioco è stato scoperto.»

«Eravamo molto lontani, e può darsi che la nebbia abbia smorzato i colpi.»

«Deve avere seguito il cane per richiamarlo indietro: di questo potete essere sicuro. No, no, se n'è andato ormai. Ma perquisiremo la casa e ce ne accerteremo.»

La porta d'ingresso era aperta; ci precipitammo dunque in casa e corremmo di stanza in stanza, sbalordendo un vecchio domestico semirincitrullito che ci era venuto incontro nel corridoio. Vi era luce soltanto nella sala da pranzo, ma Sherlock Holmes afferrò la lampada e non lasciò un solo angolo della casa inesplorato. Non ci fu però possibile trovar traccia dell'uomo che stavamo cercando. Tuttavia, all'ultimo piano vedemmo che la porta di una delle camere da letto era chiusa a chiave.

«Qui dentro c'è qualcuno» gridò Lestrade. «Sento dei rumori. Aprite la porta!»

Dall'interno arrivò un gemito sommesso e come un fruscio. Sherlock Holmes colpì la porta, proprio al di sopra della serratura, con un violento calcio, e l'uscio si spalancò. Brandendo le rivoltelle ci precipitammo tutti e tre nella stanza. Ma non vi era alcun segno del criminale spietato e temerario che speravamo di scovare. Ci trovammo invece davanti a qualcosa di così strano e così inatteso che per un istante restammo come inebetiti.

La stanza era stata trasformata in un piccolo museo, e le pareti erano tutte ricoperte di una grande quantità di bacheche dal coperchio di vetro, piene della collezione di farfalle e di falene che era la distrazione di quell'uomo così complesso e così pericoloso. Nel centro di questa stanza era conficcato un trave diritto, che vi era stato posto chissà quando per reggere il vecchio fasciame corroso dai tarli che formava la soletta del tetto. A questa specie di palo era legata una figura talmente avvolta e celata nelle lenzuola che erano servite a imprigionarla che per un attimo non ci fu possibile dire se si trattasse di un uomo o di una donna. Aveva un tovagliolo girato attorno alla gola, annodato dietro il pilastro. Un altro tovagliolo copriva la parte inferiore della faccia, e, al di sopra di questo bavaglio, due occhi scuri, due occhi pieni di dolore e di vergogna e di una muta, spaventosa interrogazione ci fissavano. Disfacemmo frettolosamente il bavaglio, recidemmo i legami e la signora Stapleton si afflosciò al suolo davanti a noi. Mentre la bellissima testa le ricadeva sul petto, le vidi chiaramente attorno al collo la rossa striscia di una frustata.

«Che delinquente» disse Sherlock Holmes. «Su, presto, Lestrade, la vostra fiaschetta d'acquavite.» Poi, accennando alla donna: «Mettiamola a sedere! È svenuta per maltrattamenti e sfinimento».

La donna riaprì gli occhi. «È salvo?» domandò. «È riuscito a salvarsi?»

«Non ci può sfuggire, signora.»

«No, no, non intendevo mio marito, ma Sir Henry. È salvo?»

«Sì.»

«E il cane?»
«È morto.»
La signora emise un profondo sospiro di gioia. «Grazie al cielo! Grazie al cielo! Oh! Guardate come mi ha trattata!» Si rimboccò le maniche sul gomito. Aveva le braccia tutte piene di lividure. «Ma questo non è nulla... non è nulla! Sono il mio spirito e la mia mente che ha torturati e insozzati. Potevo sopportare tutto, i maltrattamenti, la solitudine, una vita di inganni, qualsiasi cosa, sino a quando mi era possibile aggrapparmi alla speranza che mi amasse, ma ora so che anche in questo sono stata il suo zimbello e il suo strumento.» E così dicendo ruppe in disperati singhiozzi.
«Ormai per lui è finita, signora» disse Sherlock Holmes. «Diteci, dunque, dove possiamo scovarlo. Se lo avete aiutato a compiere il male, aiutate noi ora.»
«Non vi è che un posto dove può essere fuggito» rispose la donna. «È una vecchia miniera di stagno, su un isolotto nel cuore della Palude. Là teneva il suo cane, e là pure aveva sistemato le cose in modo da potersi eventualmente rifugiare. Non può essersi nascosto che là.»
Il banco di nebbia si addensava come un drappo di lana bianca contro la finestra. Sherlock Holmes vi avvicinò la lampada.
«Osservate» disse. «Nessuno riuscirebbe a trovare la propria strada stanotte attraverso la Palude di Grimpen.»
La donna rise e batté le mani. I suoi occhi e i suoi denti luccicavano di una feroce allegria.
«Riuscirà a penetrarvi, ma non certo a uscirne» esclamò. «Come farà a rintracciare i paletti indicatori, stanotte? Li abbiamo piantati insieme, lui e io, per segnare il percorso attraverso la Palude. Oh, se solo fossi riuscita a strapparli quest'oggi! In questo caso sì che lo avreste avuto indubbiamente in mano vostra!»
Era evidente che ogni inseguimento era vano sino a quando la nebbia non si fosse diradata. Lasciammo pertanto Lestrade a guardia della casa, mentre Sherlock Holmes e io ritornammo col baronetto al Maniero dei Baskerville. Non era più possibile nascondergli la verità sugli Stapleton, ma,

quando apprese la vera identità della donna che aveva amato, ricevette la notizia con coraggio. Il contraccolpo delle avventure di quella notte aveva però scosso i suoi nervi, e il mattino seguente delirava in preda a febbre altissima, affidato alle cure del dottor Mortimer. I due erano destinati a viaggiare insieme per il mondo prima che Sir Henry potesse diventare ancora una volta l'uomo sano e vigoroso che era stato prima di divenire il proprietario di tanta maledetta ricchezza.

Ed eccomi ora rapidamente alla conclusione di questa singolare vicenda, in cui ho cercato di far condividere al lettore le misteriose paure e le vaghe ipotesi che così a lungo ottenebrarono le nostre esistenze e che si conclusero in modo così tragico. La mattina successiva all'uccisione del mastino la nebbia si diradò e noi fummo guidati dalla signora Stapleton sino al punto in cui lei e il marito avevano trovato un sentiero attraverso il pantano. Potemmo comprendere in pieno l'orrore della sua vita di donna quando vedemmo con quanta impazienza e quanta gioia ci conducesse sulle tracce del criminale. La lasciammo in piedi sulla sottile penisola di terreno solido, torboso, che si allungava entro il vasto acquitrino. Dall'estremità di essa alcuni paletti piantati qua e là indicavano dove il sentiero si inoltrava serpeggiando, da un cespuglio all'altro di giunchi, tra quelle pozze coperte di una schiuma verdastra e i ributtanti pantani che sbarravano la strada a chi non era pratico del luogo. Canne putrescenti e lucide, sdrucciolevoli piante acquatiche emanavano un odore di disfacimento, e pesanti vapori carichi di miasmi ci raggiungevano a zaffate in pieno viso, e più di una volta un passo falso ci tuffò sino alle cosce in quella mota scura, mobile, che si agitava in morbide ondulazioni sotto i nostri piedi, per metri e metri. La sua morsa tenace ci stringeva le calcagna a mano a mano che procedevamo, e quando vi affondavamo era come se una mano perversa ci tirasse giù in quelle ributtanti profondità, tanto lugubre, tanto paurosamente viva sembrava la stretta che ci tratteneva. Solo una volta scorgemmo la traccia di qualcuno che certamente era passato prima di noi lungo quel pericoloso cammino. Da un ciuffo di erba serica che lo teneva sollevato dalla mota, apparve un oggetto scuro. Sherlock Holmes affondò sino alla vita mentre si staccava dal sentiero per impadronirsene, e se non fossimo stati lì noi a trascinarlo fuori, probabilmente non avrebbe mai più rimesso piede sul terreno saldo. Brandì in aria una vecchia scarpa nera. Sull'interno del cuoio era stampato "Meyers, Toronto".

«Valeva la pena di fare un bagno di fango» disse. «È la scarpa rubata al nostro amico Sir Henry.»

«Che certo Stapleton ha buttato via durante la fuga.»

«Proprio così. Deve averla conservata in mano dopo essersene servito per aizzare il cane sull'usta. È fuggito quando si è accorto di essere stato scoperto, sempre stringendo la scarpa in mano. E deve averla gettata via giunto a questo punto della sua fuga. Sappiamo così che almeno sin qui è arrivato sano e salvo.»

Ma più di questo eravamo destinati a non sapere mai, anche se non ci sarebbe mancata materia per fare le nostre congetture. Non c'era alcuna speranza di rilevare impronte in quel pantano, poiché il fango le ricopriva rapidamente; ma, non appena raggiungemmo un tratto di terreno più solido, di là dalla Palude, ci guardammo tutti ansiosamente intorno, senza però intravedere la benché minima traccia di orme. Se la terra diceva il vero, Stapleton non doveva aver mai raggiunto l'isola di salvezza verso cui si era affrettato in quell'ultima notte attraverso la nebbia. In qualche punto imprecisato, nel cuore della grande Palude di Grimpen, entro la ripugnante mota dello sterminato pantano che lo ha risucchiato nelle sue spire, è sepolto per sempre quell'uomo crudele e spietato.

Trovammo però molte tracce di lui nell'isolotto cinto di melma dove aveva tenuto nascosto il suo feroce alleato. Un'immensa ruota motrice e un pozzo a metà riempito di rifiuti indicavano la posizione di una miniera abbandonata. In prossimità vi erano i resti delle capanne dei minatori, messi in fuga senza dubbio dagli insopportabili miasmi della marcita circostante. In una di quelle capanne diroccate una sbarra e una catena, oltre a un gran mucchio di ossa spolpate, rivelavano il luogo dove l'animale era stato rinchiuso. Tra gli avanzi giaceva uno scheletro con ancora appiccicato un ciuffo di peli bruni.

«Un cane» disse Sherlock Holmes. «Per Giove, uno spaniel dal pelo ricciuto. Il povero Mortimer non rivedrà mai più il suo beniamino. Bene, non credo che qui vi siano segreti che noi non abbiamo svelato. Poteva nascondere il suo cane, ma non poteva soffocarne la voce, ed ecco il perché di quelle urla che anche in pieno giorno non erano affatto piacevoli a udirsi. In caso di necessità poteva rinchiudere il cane nel casotto per gli attrezzi di Merripit, ma era sempre un rischio, e osò farlo soltanto proprio all'ultimo giorno, quando riteneva che tutti i suoi sforzi volgessero ormai alla conclusione sperata. La specie di pasta che c'è in quella latta è senza dubbio la miscela luminosa che gli è servita per spalmare l'animale e renderlo fosforescente. Questo trucco gli è stato certamente suggerito dalla leggenda di famiglia del cane infernale, e lo ha attuato con l'intenzione di spaventare il vecchio Sir Charles sino a farlo morire di paura. Non vi è da stupire se quel povero disgraziato di galeotto si è messo a correre e a urlare, come è capitato al nostro amico, e come siamo stati noi stessi sul punto di fare, quando ha visto un mostro simile lanciarsi a grandi balzi attraverso le tenebre della landa. È stato uno stratagemma molto astuto poiché, indipendentemente dalla possibilità di affrettare con la paura la morte della propria vittima, quale contadino avrebbe osato avvicinarsi a un simile mostro quand'anche lo avesse avvistato nella brughiera? E l'ho detto a Londra, Watson, e lo ripeto adesso ancora una volta, che mai ci siamo trovati di fronte e mai abbiamo avuto la possibilità di battere un criminale più pericoloso di quello che ora giace laggiù...» E con un moto circolare del lungo braccio indicò l'enorme distesa di melma, marezzata di macchie verdastre, che si stendeva a perdita d'occhio sino a lambire i fulvi pendii della brughiera.

15
Un'analisi retrospettiva

Una sera fredda e nebbiosa sul finire di novembre, Sherlock Holmes e io sedevamo nel nostro salotto di Baker Street, accanto al fuoco scoppiettante nel caminetto. Il mio amico era in gran forma: aveva risolto brillantemente una serie di casi particolarmente difficili e importanti e aveva riscosso un successo enorme. Mi pareva una splendida occasione per indurlo a commentare alcuni dettagli dell'affare Baskerville. Avevo aspettato pazientemente quell'occasione perché sapevo che Sherlock Holmes non ammetteva assolutamente che si sovrapponesse un problema a un altro: la sua mente chiara, logica, non si lasciava distrarre dal lavoro presente per riandare al passato. Ma proprio in quel periodo Sir Henry e il dottor Mortimer si trovavano a Londra di passaggio, in partenza per un lungo viaggio che era stato consigliato al baronetto come convalescenza del forte esaurimento nervoso provocatogli dalla tremenda avventura. Quel pomeriggio erano passati a trovarci e, quindi, era naturale tornare sull'argomento.

«Il corso degli avvenimenti, considerati dal punto di vista dell'uomo che si faceva chiamare Stapleton, era lineare, semplice» disse Sherlock Holmes. «Ma all'inizio per noi era tutto maledettamente complicato, perché non potevamo supporre il movente e conoscevamo i fatti solo in parte. Nel frattempo ho avuto il privilegio di un paio di colloqui con la signora Stapleton e considero il mistero completamente chiarito, credo proprio di avere fatto luce su ogni punto. Troverete qualche annotazione al riguardo nei miei fascicoli, nell'indice dei casi archiviati, sotto la lettera "B".»

«Ci terrei molto che foste voi a raccontarmi come sono andate le cose in ordine di tempo.»

«D'accordo, però non vi assicuro di ricordare tutti i dettagli. È strano come un'intensa concentrazione mentale abbia il potere di cancellare il passato. Cercherò tuttavia di ripercorrere il più fedelmente possibile il corso degli avvenimenti da cui è costituito il caso Baskerville, e, se dimentico qualcosa, pensate voi a rinfrescarmi la memoria.

«Vi dirò subito che dalle indagini è risultato che il ritratto di famiglia diceva il vero: il nostro era veramente un Baskerville. Era il figlio di quel Rodger, pecora nera della famiglia e fratello minore di Sir Charles, che era scappato in Sud America per sfuggire alla legge. Quando è morto, lo si è creduto scapolo, invece si era sposato e aveva avuto un figlio, che portava il nome del padre ed era appunto il nostro sedicente Stapleton. Il quale sposa Beryl Garcia, una delle bellezze di Costa Rica, e, dopo aver commesso una serie di truffe, pensa bene di cambiare nome; diventa il signor Vandeleur e fugge in Inghilterra, nello Yorkshire, dove apre una scuola. Durante il viaggio, infatti, aveva conosciuto un insegnante malandato in salute, certo Fraser, e, sfruttando l'esperienza di costui, sperava di fare fortuna. Agli inizi le cose sono andate bene, poi Fraser è morto e in quella scuola ne sono successe di tutti i colori al punto che hanno dovuto chiuderla. Travolti dallo scandalo, i Vandeleur hanno pensato bene di cambiare di nuovo nome e sono diventati i signori Stapleton. È stato allora che il nostro ha trasferito tutto quanto gli restava: soldi, progetti per il futuro e passione per l'entomologia nell'Inghilterra del Sud. A proposito, ho saputo che negli ambienti del British Museum era considerato un'autorità in questo campo, prova ne sia che il nome di Vandeleur è rimasto legato a un insetto di cui lui per primo aveva fornito un'esatta descrizione, al tempo in cui si trovava nello Yorkshire.

«E arriviamo a quel periodo della sua vita che ci interessa più da vicino. Stapleton si è nel frattempo dato da fare e ha scoperto che tra lui e un ingente patrimonio ci sono solo due vite. Quando è arrivato nel Devonshire, il suo programma doveva essere piuttosto vago, ma si basava sicuramente sull'inganno, e lo dimostra il fatto che ha presentato a tutti la moglie come sua sorella. Forse non aveva ancora messo a punto i particolari del suo piano strategico, ma certo aveva intenzione di usare la moglie come esca. Assolutamente doveva entrare in possesso di quei beni ed era pronto a servirsi di ogni mezzo, costasse quel che costasse. Come prima cosa è andato ad abitare il più vicino possibile alla dimora degli avi, quindi si è dato da fare per coltivare l'amicizia di Sir Charles Baskerville e degli altri vicini.

«È stato proprio Sir Charles a spifferargli la leggenda del cane, mettendo così in moto, senza saperlo, l'ingranaggio che l'avrebbe ucciso. Stapleton, come continuerò a chiamarlo, sapeva che il vecchio era malato di cuore e che sarebbe bastato uno shock a ucciderlo. L'aveva saputo dal dottor Mortimer. Aveva anche saputo che Sir Charles era superstizioso e che aveva preso molto sul serio l'oscura leggenda che gravava sulla famiglia. Così l'astuto Stapleton ha subito pensato al modo di far morire il vecchio, senza che si potesse risalire al vero assassino.

«Una volta concepito questo piano procedette a metterlo in esecuzione con non comune astuzia. Un qualunque malfattore volgare si sarebbe accontentato di operare con un cane feroce, ma l'uso di mezzi artificiali per rendere diabolico l'aspetto dell'animale fu un vero lampo di genio da parte sua. Comprò un cane a Londra, da Ross & Mangles, i grandi negozianti della Fulham Road. Volle il più forte e il più selvaggio che avevano. Lo portò con sé lungo la linea del North Devon, e attraversò a piedi la brughiera per un lungo tratto, per introdurlo a casa senza suscitar commenti interlocutori. Durante le sue cacce entomologiche aveva già cominciato a penetrare i segreti della Palude di Grimpen, e pensò appunto di poter organizzare lì il nascondiglio più sicuro per la bestia. Gli preparò laggiù un canile di fortuna e cominciò ad aspettare l'occasione propizia per intervenire.

«Ne passò molto di tempo prima che questa si presentasse. Il vecchio signore non si lasciava attirare fuori del proprio terreno di notte. Più di una volta, Stapleton si mise all'agguato col suo mastino, ma senza successo. Durante quegli appostamenti infruttuosi lui, anzi, meglio, il suo alleato fu visto dai contadini, e così la leggenda del cane diabolico ricevette una nuova conferma. Stapleton aveva sperato di indurre Sir Charles alla rovina facendosi aiutare dalla moglie, ma su questo punto la donna rivelò una disobbedienza inattesa. Rifiutò di prestarsi ad abbindolare il vecchio gentiluomo, attirandolo in un'avventura galante che lo avrebbe consegnato al proprio nemico. Non valsero a smuoverla minacce, né, mi dispiace dirlo, percosse. Lei rifiutò nel modo più assoluto di sottomettersi ai voleri del marito, e per un certo tempo Stapleton si trovò di fronte a un vicolo cieco.

«Per fatalità, a offrirgli una via d'uscita fu lo stesso Sir Charles, che aveva concepito per lui una viva simpatia e aveva fatto di lui l'intermediario della sua generosità nei confronti della sciagurata Laura Lyons. Presentandosi alla signora come scapolo, Stapleton si guadagnò la simpatia e la fiducia della donna, e le diede a intendere che l'avrebbe sposata, se avesse ottenuto il divorzio dal marito. Improvvisamente, il suo piano fu scombussolato dalla notizia che Sir Charles, su consiglio del dottor Mortimer, con cui Stapleton non poteva non fingere di essere perfettamente d'accordo, stava per lasciare il Maniero. Gli toccava, dunque, agire d'urgenza, altrimenti la vittima gli sarebbe sfuggita di mano. Spinse la signora Lyons a scrivere quella lettera in cui implorava il vecchio di concederle un colloquio la sera precedente alla sua partenza per Londra, poi, con un argomento specioso, le impedì di andare all'appuntamento, e così ebbe a disposizione l'occasione tanto attesa.

«Ritornato la sera da Coombe Tracey, fece in tempo ad andare a prendere il mastino, a tingerlo con quella sua pittura infernale e a portare l'animale davanti al cancelletto presso il quale aveva motivo di ritenere che il vecchio signore si sarebbe trovato ad aspettare. Il cane, aizzato dal suo padrone, balzò di là dal cancelletto e inseguì il disgraziato Sir Charles, che si dette alla fuga urlando, lungo il Viale dei Tassi. In quella cupa galleria d'alberi deve essere stata davvero uno spettacolo spaventoso quella belva nera dalle mandibole fiammeggianti e dagli occhi infuocati che si buttava a gran balzi dietro la vittima. Il baronetto si accasciò esanime all'estremità del viale, stroncato da un attacco cardiaco e al tempo stesso da un terrore senza nome. Il mastino si era tenuto sulla fascia erbosa, mentre Sir Charles era corso giù per il sentiero, e così risultarono visibili solo le orme dell'uomo. Nel vederlo disteso immobile, l'animale dovette probabilmente avvicinarsi ad annusarlo, ma accorgendosi che era morto ritornò indietro. Fu in questo momento che lasciò l'orma rilevata in seguito dal dottor Mortimer. Il cane venne richiamato e ricondotto in fretta nella sua tana nella Palude di Grimpen, e la tragedia restò avvolta in un mistero che lasciò perplesse le autorità, allarmati i contadini e portò infine il caso nel raggio della nostra inchiesta.

«Questo per quanto riguarda la morte di Sir Charles Baskerville. Vi rendete conto dell'astuzia diabolica con cui il delitto fu compiuto, poiché sarebbe stato in realtà quasi impossibile stilare un atto d'accusa contro il vero assassino. Il suo unico complice era di natura tale che non lo avrebbe mai tradito, e il carattere grottesco e inconcepibile dello stratagemma rendeva la situazione ancor più misteriosa ed enigmatica. Le due donne coinvolte nella vicenda, la signora Stapleton e la signora Lyons, nutrivano forti sospetti nei confronti di Stapleton. La signora Stapleton sapeva che il marito intendeva perpetrare qualche oscura macchinazione contro il vecchio, ed era inoltre al corrente dell'esistenza del cane. La signora Lyons, invece, ignorava questi due fatti, ma era stata colpita dalla singolare coincidenza che la morte di Sir Charles fosse avvenuta proprio alla stessa ora in cui lei aveva rinunciato all'appuntamento verosimilmente noto solo all'ucciso e a Stapleton. Ma tutt'e due le donne erano sotto l'influenza del criminale, e, da loro, lui non aveva nulla da temere. La prima metà dell'impresa era stata portata a termine con successo, ma restava ancora la parte più difficile.

«Può darsi che Stapleton ignorasse l'esistenza in Canada di un erede. In ogni caso dovette apprenderla ben presto dal dottor Mortimer, e da questi apprese anche tutti i particolari relativi alla venuta di Sir Henry. La prima idea di Stapleton fu di metter fuori causa il giovane straniero a Londra, senza neppure lasciarlo arrivare nel Devonshire. Non si fidava più della moglie da quando si era rifiutata di aiutarlo ad attirare in trappola il vecchio, e non si arrischiava, quindi, ad assentarsi a lungo per paura di perdere il suo influsso su di lei. Ecco perché la condusse con sé a Londra. Ho poi saputo che erano scesi al Mexborough Private Hotel, in Craven Street, proprio uno degli alberghi visitati da quel mio giovane assistente in cerca di prove. Qui Stapleton tenne la moglie imprigionata nella propria stanza, mentre lui, camuffato con tanto di barba finta, seguiva il dottor Mortimer in Baker Street, e da qui alla stazione e poi al Northumberland Hotel. La moglie aveva intuito i suoi progetti; ma aveva un tale terrore del marito, un terrore fondato su maltrattamenti brutali, che non osò scrivere di proprio pugno per avvertire Sir Henry del pericolo che correva. Se la lettera fosse caduta nelle mani di Stapleton, la sua stessa esistenza sarebbe stata in pericolo. Allora, come sappiamo, adottò l'espediente di ritagliare le parole che dovevano formare il messaggio, scrivendo l'indirizzo con grafia grossolanamente alterata. Il messaggio raggiunse il baronetto e gli dette un primo avvertimento della minaccia che incombeva su di lui.

«A Stapleton occorreva in modo assoluto qualche capo di vestiario di proprietà di Sir Henry, per avere a disposizione, per l'uso del cane, il mezzo per mettere quest'ultimo sulle piste della vittima. Con la prontezza e la temerarietà a lui proprie si mise subito all'opera, e non vi è dubbio che sia il facchino sia la cameriera dell'albergo ottennero una buona mancia per aiutarlo nel suo scopo. Per combinazione, però, la prima scarpa che riuscì a procurarsi era nuova, appena acquistata e non ancora usata, e, quindi, inservibile ai suoi fini. La restituì, dunque, e ne rubò un'altra: particolare molto interessante e che mi dimostrò in modo conclusivo che avevamo a che fare con un cane vero, poiché nessun'altra ipotesi avrebbe potuto spiegare il trafugamento di una scarpa vecchia e il disinteresse per quella nuova. Quanto più un particolare è esagerato e strano, tanto più merita di venire osservato e meditato con attenzione, e proprio il punto che pare complicare un caso, se debitamente studiato e scientificamente approfondito, è quello che di solito finisce per chiarirlo.

«Ci fu poi, la mattina seguente, la visita dei nostri amici, sempre seguiti da Stapleton in carrozza. Dalla sua conoscenza del nostro appartamento e del mio aspetto, come pure dalla sua condotta in genere, sono propenso a ritenere che la carriera criminale di Stapleton non si era affatto limitata al solo caso Baskerville. È molto interessante rilevare che durante questi ultimi tre anni ci sono stati quattro grossi furti con scasso nella zona occidentale del nostro paese, in nessuno dei quali fu mai possibile arrestare alcun indiziato. L'ultimo di questi casi, avvenuto in maggio a Folkestone Court, rese perplessi i funzionari di polizia per il sangue freddo con cui era stato ucciso a rivoltellate il fattorino che aveva sorpreso sul fatto lo scassinatore mascherato e isolato. Sono sicuro che Stapleton rimpolpava con questi sistemi le sue scarse risorse, e che si comportò per anni da pericoloso bandito.

«Ci diede un esempio della sua prontezza la mattina in cui si sganciò da noi con tanto successo, della sua temerarietà quando per mezzo del vetturino mi rinfacciò come suo il mio stesso nome. Da quel momento apparve consapevole che io mi ero assunto il compito di investigare sul caso a Londra, e che pertanto non sussistevano più probabilità di riuscita in città. Ritornò quindi a Dartmoor ad aspettare l'arrivo del baronetto.»

«Un momento!» dissi. «Mi avete senza dubbio descritto con esattezza il succedersi dei fatti, ma c'è un punto che avete lasciato irrisolto. Cosa succedeva del mastino mentre il suo padrone era a Londra?»

«Ho studiato anche questo particolare, che ha indubbiamente la sua importanza. È fuor di dubbio che Stapleton doveva avere un complice, per quanto sia improbabile che si sia mai messo tanto nelle sue mani da fargli conoscere tutti i suoi piani. A Merripit House c'era un vecchio domestico di nome Anthony. Si sa che viveva con gli Stapleton da molti anni, sin da quando tenevano quella scuola; dunque non poteva essere all'oscuro del fatto che i padroni erano in realtà marito e moglie. Quest'uomo è scomparso e ha lasciato il paese. Ora è interessante notare che Anthony non è un nome comune in Inghilterra, mentre Antonio è diffusissimo in tutti i paesi spagnoli o ispanoamericani. Quest'uomo, al pari della signora Stapleton, parlava un inglese corretto, ma con una strana pronuncia blesa. Ho visto io stesso con i miei occhi questo vecchio domestico attraversare la Palude di Grimpen lungo il sentiero contrassegnato da Stapleton. È, quindi, molto probabile che, in assenza del padrone, fosse lui ad avere cura del cane, pur ignorando gli scopi cui la bestia era destinata.

«Gli Stapleton ritornarono quindi nel Devonshire, dove furono ben presto seguiti da Sir Henry e da voi, Watson. E ora una parola sulla mia posizione personale in quel preciso momento. Forse rammenterete che, quando esaminai il foglio su cui erano incollate quelle parole stampate, ne indagai attentamente la filigrana. Nel far questo dovetti avvicinare abbastanza il foglio agli occhi, e mi accorsi che da esso emanava un profumo debolissimo, noto come Gelsomino Bianco. Esistono settantacinque profumi che un esperto di criminologia deve saper distinguere gli uni dagli altri, e più di un caso caduto sotto la mia diretta esperienza è stato da me risolto grazie a questa rapida individuazione. Il profumo suggeriva la presenza di una donna, e subito i miei pensieri cominciarono a rivolgersi verso gli Stapleton. Già mi ero assicurato dell'esistenza di un cane, e avevo sospettato il criminale ancor prima di recarmi sul posto.

«Mio compito era spiare Stapleton; era però evidente che non avrei potuto fare questo se fossi rimasto con voi, Watson, perché in questo caso Stapleton si sarebbe tenuto attentamente in guardia. Ingannai perciò tutti quanti, voi compreso, e arrivai in brughiera in segreto, facendo credere di essere restato a Londra. Le mie privazioni non furono poi così gravi come voi potreste immaginare, per quanto particolari tanto trascurabili non debbano mai intralciare l'investigazione di un caso importante. Me ne stetti quasi sempre a Coombe Tracey, e mi servii del rifugio in brughiera solo quando ritenevo necessario trovarmi sul teatro dell'azione. Cartwright mi aveva accompagnato, e, travestito da ragazzo di campagna, mi fu di grandissimo aiuto. Dipendevo da lui per quel che concerneva il cibo e il cambio di biancheria. Mentre io spiavo Stapleton, spesso Cartwright spiava voi, ed ero così in grado di tenere in mano tutte le fila.

«Vi ho detto che i vostri resoconti mi venivano inoltrati con grande rapidità, poiché mi erano immediatamente ritrasmessi da Baker Street a Coombe Tracey. E mi furono di validissimo aiuto, soprattutto quella parte biografica involontariamente veritiera che riguardava Stapleton. Essa mi consentì di stabilire l'identità dell'uomo e della donna, e seppi finalmente come dovevo comportarmi. Il caso era stato notevolmente complicato dal contrattempo dell'evasione del forzato e dai suoi rapporti con i Barrymore. Anche questo punto fu da voi chiarito in maniera più che esauriente, per quanto io fossi già giunto alle medesime conclusioni attraverso le mie osservazioni personali.

«Quando mi scopriste nella brughiera, mi ero ormai formato un quadro completo di tutta quanta la situazione, ma non avevo ancora tra le mani un caso da poter sottoporre a una giuria. Nemmeno l'attentato alla vita di Sir Henry che costò la pelle al povero forzato ci poteva servire granché per incolpare di omicidio il nostro uomo. Pareva che non vi fosse altra alternativa che sorprenderlo con le mani nel sacco, e per fare questo dovevamo servirci di Sir Henry, usandolo come esca, solo e apparentemente indifeso.

«Così abbiamo fatto, e a costo di infliggere al nostro cliente un grave turbamento, siamo venuti completamente a capo del nostro caso e abbiamo spinto Stapleton verso la palude mortale. Che Sir Henry abbia dovuto essere esposto a un così serio pericolo è, lo confesso, un rimprovero che mi faccio nella condotta dell'intera faccenda. Ma non avevamo alcuna possibilità di prevedere lo spettacolo spaventoso e terrificante che l'animale avrebbe offerto, né potevamo immaginare la nebbia che gli ha permesso di sbucarci addosso da così breve distanza. Siamo riusciti nel nostro intento a un prezzo che sia lo specialista, sia il dottor Mortimer mi assicurano sarà di danno solo temporaneo. Un lungo viaggio permetterà al nostro amico di riaversi non soltanto dalla scossa di nervi subita ma anche dal dolore inflitto ai suoi sentimenti. Il suo amore per la signora era profondo e sincero, e per lui la parte più triste di tutta la sporca faccenda è che lei lo abbia ingannato.

«Resta ora da mettere in chiaro la parte recitata da questa donna in tutta la vicenda. Non vi è dubbio che Stapleton esercitasse su di lei un'influenza che forse poteva essere amore, forse era paura, molto probabilmente tutt'e due i sentimenti, dal momento che non sono affatto incompatibili tra loro. Era comunque un'influenza molto efficace. Per volontà di lui acconsentì a passare per sua sorella, benché Stapleton si sia poi trovato a un tratto limitato nei suoi poteri su di lei quando cercò di farla intervenire come strumento diretto al delitto. La donna fu pronta ad avvertire Sir Henry, pur facendo in modo di non implicare il proprio marito, e poi ha ripetuto il tentativo altre volte. A quanto pare, persino un uomo come Stapleton poteva essere suscettibile di gelosia, e, quando ha capito che il baronetto corteggiava la signora, sebbene facesse parte dei suoi piani, non è riuscito a trattenere uno scoppio appassionato di collera che rivelò in lui quello spirito violento che i suoi modi controllati e riservati nascondevano con tanta abilità. Incoraggiando quell'intimità, si è assicurato che Sir Henry sarebbe venuto di frequente a Merripit House e che pertanto presto o tardi si sarebbe presentata l'occasione da lui tanto attesa. Però, nel giorno della crisi, la moglie gli si è rivoltata improvvisamente contro. Aveva saputo qualcosa sulla morte del forzato, e la sera in cui Sir Henry doveva venire a cena aveva scoperto che il cane era stato messo nel casotto degli attrezzi. Ha accusato il marito di omicidio premeditato, e ne è seguita una scenata furibonda, in cui Stapleton le ha rivelato per la prima volta che lei aveva una rivale nell'amore per lui. La fedeltà della donna si è tramutata istantaneamente in odio acerbo, e lui ha capito che la donna lo avrebbe tradito. L'ha legata allora, perché non avesse la possibilità di mettere in guardia Sir Henry, e ha dovuto certo sperare che, se tutto il paese avesse imputato la morte del baronetto, morte di cui era certo, alla maledizione incombente su tutti i membri della sua famiglia, sarebbe riuscito a far accettare alla moglie il fatto compiuto, e a costringerla a mantenere il silenzio su quanto sapeva. In questo ritengo che abbia commesso in ogni caso un errore di calcolo e che, anche se noi non fossimo stati presenti, il suo fato era ugualmente segnato. Una donna di sangue spagnolo non perdona così facilmente una simile offesa. E ora, mio caro Watson, senza andare a riguardare i miei appunti, credo di avervi fornito un resoconto più che particolareggiato di questo strano caso: non credo infatti di aver lasciato senza spiegazione nessuno dei punti essenziali.»

«Non poteva però sperare di spaventare Sir Henry a morte, così come era accaduto per il vecchio zio, con quel suo mastino fantasma!»

«L'animale era selvatico e mezzo affamato. Se il suo aspetto non fosse riuscito a far morire di spavento la vittima, ne avrebbe comunque paralizzato quella resistenza che certamente in condizioni normali avrebbe offerto.»

«Senza dubbio. Resta però ancora una difficoltà. Se Stapleton fosse riuscito a entrare in possesso della successione, come avrebbe spiegato il fatto che lui, l'erede, era sconosciuto e sotto falso nome così vicino alla tenuta? Come avrebbe potuto farsi avanti e reclamarla senza suscitare sospetti e inchieste?»

«Effettivamente era una difficoltà gravissima, e temo che voi mi chiediate troppo, pretendendo ch'io possa risolverla. Il passato e il presente possono rientrare nel campo delle mie ricerche, ma, per quanto riguarda quel che un uomo può fare in avvenire, la risposta è sempre ardua. La signora Stapleton ha sentito discutere il marito intorno a questo problema in varie occasioni. C'erano tre ipotesi. Poteva reclamare l'eredità dall'America del Sud, stabilire la propria identità presso le autorità britanniche di laggiù e ottenere così la sostanza senza dover mai ritornare in Inghilterra. Oppure poteva adottare qualche raffinato travestimento durante il breve periodo in cui sarebbe stata necessaria la sua presenza a Londra; o infine poteva produrre un complice con prove e documenti facendolo passare come erede e facendolo partecipe di una grossa fetta della sostanza. Certo è che, per quel che sappiamo di lui, una maniera o l'altra per uscir d'impiccio l'avrebbe certamente trovata. E ora, mio caro Watson, che abbiamo avuto parecchie settimane di duro lavoro, credo che per una sera possiamo rivolgere i nostri pensieri ad argomenti più piacevoli. Mi hanno offerto un palco per gli *Ugonotti*. Avete mai ascoltato i De Reszke? Posso perciò pregarvi di essere pronto tra mezz'ora? Cammin facendo, ci fermeremo da Marcini a consumare una buona cenetta!»

Indice